北京汉阅传播
Beijing Han-read Culture

IKENAMI SHOTARO

七曜文庫

池波正太郎

吉林出版集团有限责任公司

真田太平记 十 · 大板入城

曹逸冰 译

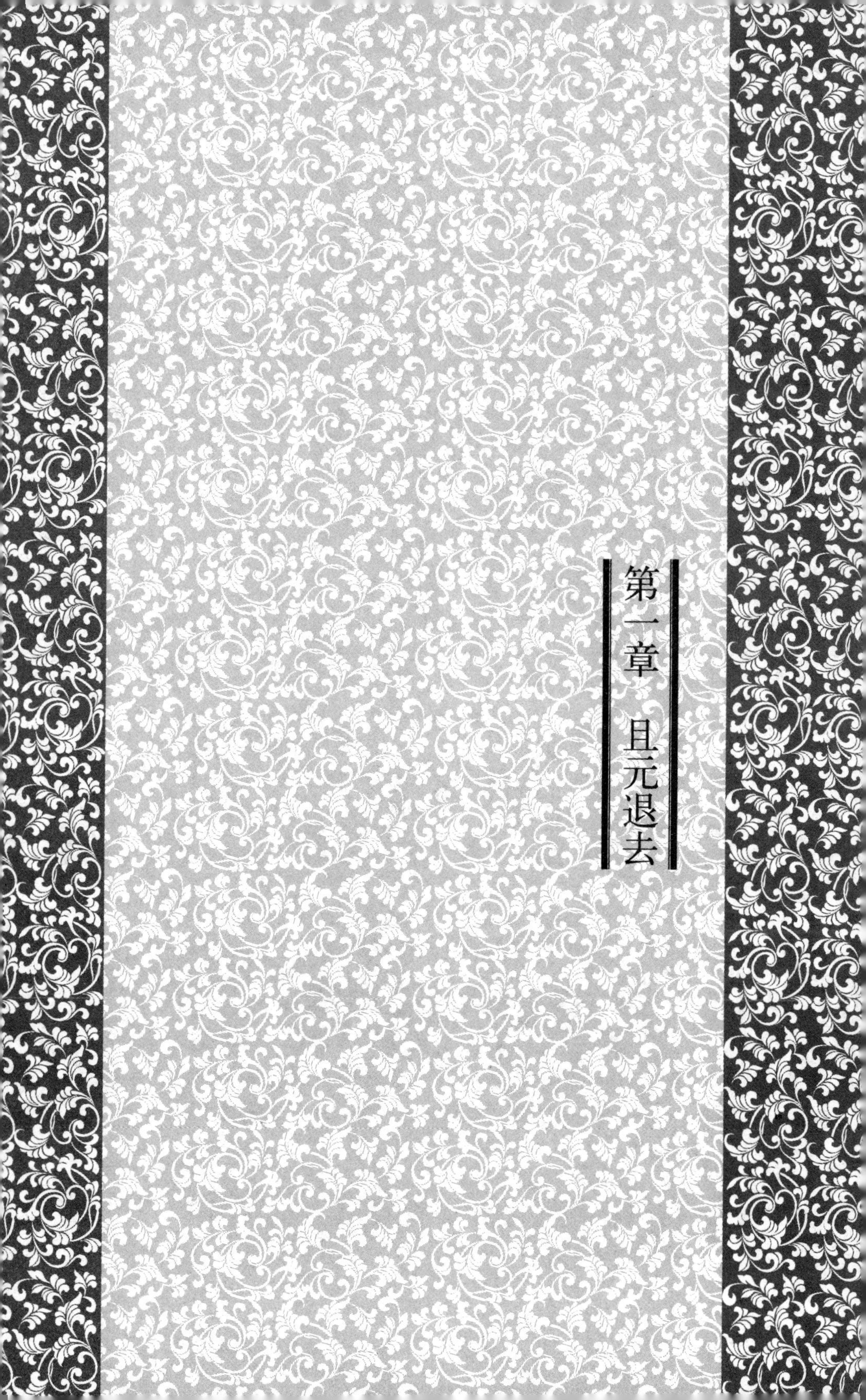

第一章　且元退去

第壹话

中原丈助来报信的次日夜晚，草者小助悄悄离开了高台寺。

当日午后，小助打扫中庭之时，恰逢高台院遥遥自走廊现身。见高台院带着两名侍女出现，小助慌忙放下扫帚，跪地请安。

"哎呀，小兵卫……"高台院微笑道，"好久没见到你了。"

"是。"

"抬起头来，让老身瞧瞧。"

"是……"

小助抬起头，仰视高台院，不禁暗自感慨。

（好憔悴呀……）

加藤清正、浅野幸长生前，高台院曾借助他们，千方百计推动大坂和关东的和解，反观如今……

在深渊般的无奈中空虚度日，她面容寂寥亦是理所当然。她是年七十有三。

十年后的宽永元年之秋，高台院撒手人寰。

"哎呀，脸色不错嘛……"

"托高台院大人洪福。"

小助跪拜行礼。高台院点了点头，转身朝佛堂走去。

小助来这里住了好些时日，此时不免感慨万千。

（谢大人厚爱……）

他默念着感谢之辞，眼圈渐渐红了。当夜，小助轻而易举溜出了高台寺，径直奔向下久我的忍宿。

当时，片桐且元刚刚从京都回到大坂，正打算回府歇息。

他看了黄历，觉得此日不吉，故打算明天再向丰臣秀赖和淀君禀报情况。

话说回来，且元去骏府之后的一举一动皆有大藏卿局——禀报。恐怕且元正因此羞愧难当。照理说，秀赖和淀君见片桐且元从骏府归来，该让他速速去禀报才是。

且元索性顺水推舟，自我安慰道："日子不好，不如等一天再去吧。"实际上，他暗叹时不我待。淀君、秀赖和丰臣家的那些重臣本该立刻召见且元才对，哪知竟然没人理他。

片桐且元确实羞愧难当。大藏卿局一到骏府，便得到了德川家康的接见，而他却一直不曾和家康面谈……他真不知大藏卿局会如何报告。他以丰臣家使者的身份去了骏府，郁郁待了几天，好容易回到大坂，却又受众人冷遇。仿佛——

"片桐东市正的复命，听不听都无所谓。"

且元焦躁不安，彷徨无计，只得让下人备了些酒，将就睡下。

翌日早晨，且元求见秀赖。

（他们总不会又拒绝吧……）

午后，且元去了俗称"千席间"的大厅，见到丰臣秀赖。重臣悉数出席，唯独不见淀君。且元饮了秀赖赏赐的酒，神情阴沉。

席上，且元道出关东方面的条件，果然无一人赞同。

丰臣秀赖和那些近臣早就决意跟家康打一仗了。

片桐且元到底有没有立场？众人对且元的怀疑日益加深。

且元满腹委屈。他千方百计，无非是要保丰臣家的安泰。他相信，要保丰臣家的天下，就万万不可"反抗"关东——不，是反抗德川家康。

且元没有加藤清正那种让家康畏惧的实力，亦无浅野幸长的智慧。

丰臣家为何要派他去骏府呢？倘若不信任他，为何不直接派别的家臣甚至大藏卿局出面统筹？脏活累活全推给他，一到关键时刻，便摆出一副"且元阴结关东欲对丰臣家不利"的态度。

这就怪不得且元会喟然长叹了。

淀君的近侍中自不乏同情且元之人，譬如织田常真。常真就是昔日的织田信雄，他是织田信长的次子，算来便是淀君的表兄。

如前所述，信长死后，信雄和家康结盟对抗秀吉，打响了小牧·长久手之战。后来，信雄完全没跟盟友家康商量，擅自跟秀吉谈和。此事一直被天下耻笑。再然后，秀吉把尾张地区和北伊势地区的五郡封了给他。天正十三年，信雄就任"大纳言"一职。然而，丰臣秀吉攻陷小田原之后，把德川家康支去了关东，命信雄搬到家康的旧地盘。信雄拒绝了秀吉的要求。当时的信雄根本没有对抗秀吉的兵力，而且没有盟友。

秀吉勃然大怒——"竟敢抗命不遵！"他没收了故主信长之子信雄的封地，将其流放到秋田地区。此后，信雄看破红尘，剃度出家，自号常真。秀吉得知之后，喜道："那样便好。"

　　毕竟是故主之子，秀吉不敢肆意迫害，正好借此将他召回，当了个御伽众，给予一万七千石的俸禄。

　　关原一役，常真别无选择，只好投向西军，却不曾亲自出阵，所以得到了家康的宽恕，保留了战前的俸禄。

　　如此的人生经历，让常真深深明白了"人在屋檐下，不得不低头"的道理。因之，他很理解片桐且元的苦恼。

　　四年前，常真的长子病死，只得把三子信良送到江户当人质。

第贰话

淀君很重视织田常真，特意从天满地区选了一块地方供他居住。

深受信赖固然不错，但面对这等重大情况，常真便不免苦恼。他全无背叛家康之意，怎奈淀君却坚持要他出头支持丰臣家。谁让常真是信长之子呢？

（东西双方一旦开战，最好便由常真去当"总司令官"吧，哪怕是个虚名都行啊。）

常真当然不想这样，所以他最近都不大进城了。谁知淀君竟直接派密使来到他的天满府邸——

"请大人进城商讨和关东开战之事。"

"切莫妄动……"

常真只得命密使如此回告淀君。此际，城中形势紧张，确实是山雨欲来风满楼，甚至有人高呼要诛杀片桐且元。千席间会议后的第二日傍晚，织田常真就听说了有人要暗杀且元之事。

通风报信的是侍奉淀君的老女之一，亦曾是织田常真的侍女。

　　该老女称，近日不光有暗杀且元的动向，怀疑的矛头亦指向拒绝进城的常真。

　　（逃离大坂！但是，离开前要通知东市正大人一下……）

　　织田常真当机立断。他本就同情片桐且元，故而决定去提醒他。

　　淀君没有出席两日前的会议，所以尚未亲耳听到且元的汇报。那个暗杀的主意，便是借"让淀君亲耳听且元汇报骏府情况"之事，命且元速速进城。只要且元踏进本丸，便伺机取他之命。

　　织田常真派家臣去了片桐府邸，带去密函，内云："请派可靠的家臣来我府里。"此举真是非常冒险。

　　同时，常真另派家老生驹长兵卫进城对淀君说道："区区老朽，尚望为右府大人尽绵薄之力。"

　　——否则，自身难保。

　　实际上，他根本没有支持丰臣家的打算。

　　且元读完常真的密函，立刻将之烧毁，喊来家臣小岛庄兵卫，说道："我从骏府带了些礼品回来，这就送去织田大人府上。"

　　他命家臣带上礼物，去了天满的织田府邸。

　　黄昏渐成黑夜。

　　"我跟东市正大人交情深厚……"

　　织田常真对小岛庄兵卫缓缓道来。遥想当年，丰臣秀吉只是织田信长的一介家臣，对信长之子常真自是恭恭敬敬，时不时派人问安送礼。他派来的使者总是片桐且元。且元对常真的殷勤一如既往，再加上这段往事，常真如何不同情且元的境况？

　　听常真道出秘密，小岛庄兵卫脸色一变，惊道："此话当真？"

　　"千真万确，一定要告诉东市正大人啊！总之，无论何人召唤，千万别踏进本丸！"

“是……”

此时，淀君的使者来到了大坂城内二丸的片桐府邸。

“夫人要亲耳听听骏府的情况，望大人速速准备。”

且元自无拒绝之理。两日前去千席间向秀赖禀报时，淀君没有出席。此际，她想要亲耳听听且元的话，大概是因为她尚存有一点点希望。

（莫非……尚有说服淀君的余地？）

且元立刻准备妥当。正要出门，却撞见小岛庄兵卫从天满的织田府邸回来。

“大人，这是要去哪里？”

见且元正要出门，小岛大喊着冲了进来。

“夫人召我去本丸呢。”

“啊……”

“有何不妥？”

“这……希望您先回府……”小岛低语道，“小的有要事禀报。”

“要事？”

小岛庄兵卫急得脸都白了，面上挂满汗珠。他肯定是匆忙归来，但再怎样急，都不该乱了阵脚。话说回来，从织田府邸回到大坂城，再奔向片桐府邸。一路上，小岛庄兵卫的紧张、不安，又有谁能知晓？

“好吧……”且元察觉有异，带着小岛回了居室，问道，“到底有何要事？”

“实不相瞒……”

小岛说出了织田常真的忠告。片桐且元微微一叹，就此闭上双目，纹丝不动。

小岛庄兵卫来到走廊，对一名家仆说道：“关门！”

第叁话

且元"诀别"丰臣家的关键时刻到了。这更让丰臣家印证了"片桐且元何谈忠诚"一语。

加藤清正忠诚的基础是深思熟虑和当机立断。片桐且元则不然。且元对丰臣家的忠诚，就只到这程度了。然而，若就此一味指责这一刻之前的且元，未免有失偏颇。那个"不堪的武将"片桐且元是这以后才出现的。且元曾奋力忍受重压。这重压一旦抛开，便让他茫然自失，只好随波逐流。

且元吩咐小岛庄兵卫去召集兵马，同时自称染疾，命人通知本丸的淀君说先不进城了。大野治长等人见暗杀不成，便决定派兵围困片桐府邸，让且元插翅难逃！

他们抵达之前，且元的胞弟片桐贞隆就率兵到了且元府邸。

三百余名家仆和部下一概手持武器，把守片桐府邸。长久以来，且元以丰臣家执事的身份奔走关东和大坂之间。他的苦恼，家仆们自然清清楚楚。他们认定且元是被弄臣给陷害了。

　　片桐且元吩咐大家道："我们万万不可进攻本丸！但是，若有人敢翻墙进来，格杀勿论！"同时派特使火速去骏府联络德川家康，以密函阐明了他目前的境况。

　　家康看完密函，说道："片桐且元奉幕府之命将和解条件通报大坂，丰臣家竟企图夺他性命，这简直是公然背叛幕府！"

　　如此一来，他就有了开战的口实。

　　且元不会料不到这种事的。然而，想想此前那段烦恼的日子，他的无奈之情委实难以抑制。

　　丰臣家若不想接受关东开出的条件，断然拒绝就是了。哪用得着把他当叛徒看待，甚至杀了泄愤？

　　"欺人太甚！"

　　且元怒不可遏。

　　如此的愤怒和苦衷，到底该向谁倾诉？现下，他只剩投靠家康这一条路了。

　　讽刺的是，丰臣家的主战派见且元据守府邸，一时竟不知如何是好。

　　且元的府邸坐落在二丸东侧，跟淀君母子住的本丸只有一墙之隔。而且，从二丸去本丸的七处城门之中，有六处皆由且元控制，只剩下生玉口门由织田有乐斋管辖。

　　织田有乐斋是织田信长的幺弟，所以就是淀君的舅父。信长死后，他当了丰臣秀吉的近侍。此人以茶道名闻天下，是千利休的高徒之一，关原一役中却支持东军，奋勇出阵。由此可知他的立场跟投向西军的侄儿常真略有不同。

　　淀君更倚重表兄常真而非舅父有乐斋，便是最好的证据。

有乐斋奉德川家康之命辅佐秀赖，因而来到大坂城内，住的地方离片桐府邸不远。他和家康的关系紧密，故一直不受淀君和秀赖信任。

前天夜里，织田有乐斋密会淀君，反复强调贸然兴兵之弊。

不光有乐斋，一大批家臣都反对敌视片桐且元，不赞成围攻他的大坂府邸。这些人都很担忧天下百姓的感受。而主战派的大野兄弟亦被且元兄弟手下兵士的斗志震慑。若且元兄弟毅然决定攻进本丸，诛杀大野兄弟，事态便会无法收拾。

本丸箭楼上固然安插了枪炮和弓箭手，织田有乐斋的府邸亦有士兵看守，但这些手段均不足以挡住且元兄弟的部队。秀赖的某个家臣甚至劝且元从水之手门杀进本丸，却被且元一口驳回。这样看来，大坂的家臣之中，不乏同情且元之辈。

双方僵持了整整两日。第三天，淀君和秀赖命人拿来誓文，要求且元进城谒见。这自然被且元兄弟拒绝。

不管是谁，此际都无法再相信淀君母子的誓言了吧？

片桐府邸和本丸之间，甲斐守速水守久和织田有乐斋的义弟今木正洋来回奔走，以求早日解决争端。

速水守久曾是秀吉的骑马侍卫，深受秀吉信赖，人品出众，淀君亦对他尊敬有加。他对这件事的评价是——蠢到了家。

双方僵持期间，幕府若借"平息大坂城内异动"举兵前来，岂不回天乏术？满嘴"开战"之人不胜枚举，兵力却尚未征召妥当。一旦被幕府抓住机会，又当如何是好？

光是片桐且元手下的人，城内这些守军便束手无策，倘若德川家康当真从伏见城挥军杀至，从且元打开的城门进来……

"那便万事休矣。"

听了速水守久这一席话，淀君脸都白了。

速水守久的意见是稳妥行事，不要再敌视片桐东市正，就让他低调出城而去吧。舍此确无良策。结果，速水守久成了前往片桐府邸的使者。

这样看来，淀君和秀赖周围的主战派家臣固然忠肝义胆，却缺乏深思熟虑，难以解决突发情况。

此情此景，片桐且元唯有苦笑相对。

第肆话

打出生起，母亲淀君就为丰臣秀赖打点好了周围的环境。直到他二十二岁这年，周围的环境犹自没变。

速水守久孤身去了二丸的"东市正曲轮"——片桐府邸所占的那一隅。

且元早就做好了准备，纵是有人从城外攻来，都有合用的对策。

速水守久踏进了布满士兵的东市正曲轮。他上一次来访之时，片桐且元尚是一身便服，现下则是全副武装。

见状，速水守久肃然说道："大人莫不是要向右府大人挥刀？"

片桐且元老态毕露的脸庞登时涨得通红，低头说道："岂敢……我万万没有此意。但是，甲斐守大人呀，明明是有弄臣挑拨离间，难道我就只有背上黑锅，引颈就戮？"

语毕，他再度望向了对方，目光犀利。这回轮到速水守久沉默了。

片刻后，守久说道："我明白了。"

两人无话不谈，聊了许久。再这样对峙下去，只会被天下耻笑。这一点，且元自然明白。速水守久的提议是，双方各出人质，放且元平安出城。

"此事就由我去办吧。"

且元一口允诺，说道："好。"

"那我就此告辞。"

"甲斐守大人……"速水守久正要离去，且元忽然说道，"有劳了。"

"只是举手之劳。"

"甲斐守大人……"

且元凝视着守久，双目噙着泪花。守久亦凝视着他。

只听且元说道："运……运数尽了。"

他指的当然是丰臣家。

速水守久微微点头，说道："告辞。"

且元目送守久转身离去，从走廊消失不见。

"来人！"他击掌唤来侍臣，"召主膳正来。"

"是！"

不久，且元之弟主膳正贞隆来到屋内。且元告诉弟弟，一切都交由甲斐守去办了。

片桐且元让嫡子孝利充当人质，丰臣家的人质则是大野治长之子治德和织田有乐斋之子尚长。

当日深夜，秀赖的一个近臣偷偷来到片桐府邸，劝且元直接攻进本丸，诛灭那些主战派。看来，丰臣秀赖身畔的情况同样不大简单。

有人称，秀赖甚至悄悄脱下外褂赠给速水守久，说道："幸好甲斐守去了，才没有误会东市正啊。"

秀赖周围不全是主战派，但淀君宠爱的大藏卿局之子大野兄弟和秀赖乳母正荣尼之子渡边内藏助皆是主战人士。秀赖的另一个近侍木村重成同样深受淀君信赖，此人从父辈就开始侍奉丰臣家了。

秀赖自幼就被母亲淀君选择的近臣包围，视野难免狭窄。所见所闻，皆要通过近侍……这当然会惹来一些家臣的不满。怎奈秀赖近臣背后有淀君这个大靠山，大家实难下手。

三年前秀赖上洛时，加藤清正、浅野幸长和高台院，千方百计跟城内的片桐且元紧密联系，方得以促成此事。当时，他们甚至动用了非常手段——让本丸御殿的厨师永井养顺潜进了秀赖的卧房。

清正和幸长生前想要接触丰臣秀赖尚且非常困难。当时的情况，秀赖肯定不会忘记。因此，听说片桐且元阴结关东，秀赖只是半信半疑，难以接受。

（那个东市正，怎会……）

异变之后，甲斐守速水守久见了且元，将结果报知了淀君和秀赖。

这是秀赖第一次真正听到且元的心声，所以他才会脱下外褂，不露声色地赐予速水守久。碍于淀君与近侍们的存在，他无法大张旗鼓地褒奖守久。

打出生起，母亲淀君就为丰臣秀赖打点好了周围的环境。直到他二十二岁这年，周围的环境犹自没变。

只有上洛的那段时间里，经由加藤清正与浅野幸长的努力，这环境才隐隐有了巨大改变的征兆。不料清正和幸长竟突然离世，希望之路又被堵上。

秀赖若知晓当夜潜进卧房的忍者是永井养顺，没准会想出办法。永井养顺一直没有离开大坂城，继续给本丸中人掌勺。秀赖每天都吃着他做的菜肴。

浅野幸长亡故后，养顺谨小慎微，绝不轻易行事。他双耳不闻城内的风评和动向，只是紧闭双目，安然做菜。

第伍话

"进军上方！"

厨师永井养顺的立场，完全是由他本人决定的。

养顺年轻时名唤永井百助，是武田信玄的厨师之一，而且是一位武田忍者。武田家灭亡后，浅野幸长之父长政收留了他。

"大恩大德，没齿难忘……"

永井养顺受过浅野家之恩。后来，丰臣秀吉硬从浅野长政手上要来了养顺，让他给自己做菜。永井养顺就此成了丰臣家的厨师，勤勤恳恳直至今日。

加藤清正等人推动秀赖上洛之际，养顺接到了浅野长政的密函，一度暗中出力。这无非是要报答浅野长政、幸长父子的恩情。

可现在呢？

长政、幸长都死了，浅野家由幸长之弟但马守长晟继承。

清正殁后的加藤家一如浅野家，对丰臣家的忠诚因一些鸡毛蒜皮的小事分崩离析。

而且，幸长弥留之际，没有将永井养顺之事告知弟弟长晟。

这表明幸长觉得弟弟一旦贸然使用永井养顺，恐会影响浅野家的安泰。

养顺当然希望浅野家安泰如故。因此，他唯有袖手旁观。

浅野父子生前，他不时将大坂城内的情况暗中告知他们，但此际再无汇报的必要。幸长没有将养顺的存在告知长晟。

没了清正和幸长这般厉害之人，浅野家和加藤家的暗中活动迟早会出问题。

总之，眼下的永井养顺就只是一个厨子。

九月二十七日，织田常真突然离开了天满府邸。

据传，常真之叔织田有乐斋劝他速速藏进京都的龙安寺，并去帮他安排好了逃亡路线。当时，片桐且元的离城尚未板上钉钉。

常真察觉了逼近的危险，便和片桐且元的老友伊豆守石川贞政联袂逃离大坂，跑到由且元担任城主的摄津茨木城。

石川贞政同样曾是太阁的骑马侍卫，关原之战时却支持东军。所以，他虽然一直帮丰臣家办事，跟关东的关系肯定不大简单。

这让众人忍不住怀疑情势是否要糟。

十月一日，片桐且元、片桐贞隆兄弟落发出家，以示摒弃俗世，就此离开二丸府邸，退出了大坂城。然而，片桐贞隆认定不可放松警惕，坚持让五百余名家臣和士兵全副武装。

"卸下枪鞘！"

"给火炮装好火绳！"

他本人更是全副武装，从旁守着兄长且元的坐轿。一行人从玉造口出城，来到大和街道，向着茨木而去。

途中，且元兄弟将丰臣家的人质——大野治长和织田有乐斋的子嗣——交还给护送人员。

那片桐且元的人质（出云守孝利）呢？

且元出城的前夜，丰臣秀赖说道："东市正忠心可鉴，退居茨木城，等候发落便是。"将人质片桐孝利交还给了且元。

可知秀赖的心境亦不平静。

且元见到孝利回来，对秀赖感激不尽，跟弟弟贞隆商量道："既然如此，也将丰臣家的人质放了吧？"

"使不得！"

贞隆没有放松警惕。贞隆深受秀赖信赖，备受礼遇，但事已至此，他再也不敢相信本丸内部的风声了。

同一天，骏府城内的德川家康打算召开申乐宴欣赏曲艺，哪知昨夜的大雨竟然打湿了舞台。家康只得命人先把舞台收拾干净，就此回到里屋。恰是这时，京都所司代板仓胜重的急使抵达骏府，将大坂城内风云突变的消息告知家康，并送上片桐且元的密函。

且元经由素有交情的板仓胜重将密函送往骏府。胜重收下密函，立刻派人打探大坂城内的情况，再结合织田有乐斋的密告，断定密函中句句属实，这才派人去骏府和江户报信。

申乐的舞台准备好了，家臣松平正纲前往里屋通报家康。

正纲是鹰师松平正次的养子，如今亦参与政务，主管调查土地面积和植树造林之事。

"启禀主公。"

"哦？"

德川家康回过头来，两眼放光。

松平正纲登时明白事情绝不简单。

"天总算晴了。"

"嗯……"

"请主公摆驾。"

只见家康起身说道："这哪里是欣赏能剧的时候？"

"啊？"

"进军上方！"

家康高喊道，面色通红，连连跺脚。

事不宜迟！

使者骑着快马冲出骏府城，掀起阵阵尘土。

——向江户的将军和近江、伊势、尾张、美浓的诸大名传达出征之命！

第陆话

真田父子若无其事地过着恬静的生活，昌幸死后，幸村的日常生活一如既往。

同样是十月一日。深夜，鸭川边的昏暗小路上，一个捧着托钵的老和尚拄着拐杖，颤颤巍巍朝北走去。

京都的天空阴云密布，不见星月，一片漆黑。但是，这个和尚没打灯笼。他正是年近八十的猫田与助。

不久，他来到了空荡荡的室町大道上，继续北行。

三十余年前，本能寺之变让这一片地区彻底荒废，但后来又造起了鳞次栉比的房屋，寻回了往昔繁华。

当年，织田信长下榻本能寺，明智光秀挥军突袭。大火中的本能寺里，信长饮恨自杀。那一晚，草者阿江引爆了附近扇师家中的火药。当时，甲贺山中忍者新田庄左卫门和猫田与助都在扇师家中。火药爆炸前，与助听见了朝本能寺进军的明智军的呐喊，好奇出了何事，因而打开房门，走到屋外，这才得以幸免。

老和尚猫田与助要去的那户人家，是离以前扇师家有些距离的念珠师的房子。与助绕进小路，走到念珠师家的后门，敲了一敲。

屋里有人说道："回来了？"

"对，刚回来。"

"辛苦了。"

门开了，念珠师探出头来。这个念珠师喜六便是山中忍者迫小四郎，是年二十九岁。不用说，这里是甲贺山中忍者的京都忍宿。

远州中山峠一事之后，迫小四郎和猫田与助便开始结伴行动。偶尔无法同时行动，亦不会断了联系。

今晚，猫田与助回到了阔别三日的京都忍宿。

"我煮了粥。"

"那真是太好了。"

小四郎去烧了点水，擦拭与助满是尘土的身子，顺便热了热粥。

"有劳了……"

与助老泪纵横。他以前的那些朋友若见到他这个样子，定会感叹他不再是当年的那个与助。

与助苟活于世，唯有一个目的——不亲手宰了阿江，死不瞑目！

他不是要为自己复仇。与助认为，中山峠一事中，池胁藤左根本就是被阿江间接害死。阿江的出现，逼迫藤左不顾年龄，劳累过度，直至心脏停止跳动。

（一定要为藤左大人报仇雪恨！）

然而，与助的身体不似报仇的念头那般顽强。以前一天走四十里都不在话下，如今无论如何赶路，最多只能走十来里了。而且，只要一赶路，次日腿脚便会疼痛难耐。

大和守山中俊房死后，指挥山中忍者的重任落到了另一个甲贺头领伴长信的肩上。长信在骏府城下设有居所，以此为据点展开活动。

然而，山中忍者的独立性早已丧失殆尽。德川幕府的谍报网不断扩张，蠢蠢欲动的不光是忍者，还有十年甚至二十年前在各地播下的种子。据传，奉德川家密命，若无其事当上诸大名家臣的间谍，足有百人之众。所以，伴长信肯定不会重视猫田与助。

他没准会觉得与助早就死了。

京都的忍宿就只有迫小四郎的那个念珠师家，然而山中忍者极少来此走动。现如今早就没了甲贺、伊贺之别，类似慈海和尚所在的挂川威光寺那种关东忍宿分布全国，只要上头发令，便会采取行动。这样说来，山中忍者专用的忍宿是不是没有了存在的必要？

猫田与助对此嗤之以鼻。

（一群蠢货！都忘了三年前中山峠的前车之鉴了？）

当时，与助向威光寺的慈海和尚据理力争道："总之，万万不可小视真田草者！"

"嗯……嗯……"

慈海和尚连连点头，很是认同……至少与助是这么想的。

哪知三年过去，关东方面根本没有采纳他的建议。

与助曾先后数次前往纪州九度山。无奈九度山不算很大，又没有忍宿，无法长期逗留监视。否则，恐怕会被当地的百姓怀疑。

与助自然有他的打算，他相信草者会去联络九度山，所以才来到这里盯梢，哪知竟是全无斩获。

真田父子若无其事地过着恬静的生活，昌幸死后，幸村的日常生活一如既往。

昔日的与助有无穷的体力，亦有无穷的自信，自认没有办不到的事；但如今若被九度山的村人怀疑、追捕，连逃脱都是难事一桩。

"老骨头一把了，还妄想着干掉草者阿江？简直痴人说梦。"

——兴许，周遭人都在如此耻笑他呢。

"小四郎……"猫田与助喝完了粥，说道，"今天啊，片桐东市正离开大坂城了。"

"此话当真？"小四郎脸色大变，"你亲眼所见？"

"亲眼所见。"

"嗬……"

"东西双方算是分道扬镳了。"

"是啊……"

小四郎一脸愁容。他正值忍者的当打之年，怎奈竟全无用武之地，只得居于京都一角，犹如被大家遗忘。他无法再忍耐看守忍宿的无聊日子了。然而，若是关东和大坂翻脸，这忍宿定会生出奇效。

（我想出去做任务啊！）

小四郎暗暗祈求着。

"我说……"

"啊？"

"我打算明天再去一下九度山。我觉得草者这次肯定该现身了。"

"你是说……真田会逃离九度山？"

"对。我本想直接从大坂去九度山的，转念一想，还是回来了。"

"此话怎讲？"

第柒话

突然间，猫田与助那双被皱纹深藏着的眼睛一瞪。

"小四郎，能否助我一臂之力？"

"啊？"

"离开这里，跟我同进退吧！求你了，小四郎。"

与助双手合十，几欲跪下求他。那双手如伞骨般嶙峋。

"别、别……"

"不，求你了……求你了……"

与助当真跪下，深深叩头。

"快请起！"

"小四郎啊……真田左卫门佐肯定……肯定会离开九度山，肯定会去大坂城的。你不觉得？"

小四郎唯有点头。迫小四郎曾多次听与助谈到真田草者的事。

三年前，中山峠出现了女草者阿江的身影。这足以说明真田家的草者仍在暗中活动。

至于为谁活动——肯定不是沼田的伊豆守真田信之。这一点极为明确。换言之，便是九度山的真田父子。

就是说，真田父子不打算埋骨九度山。

安房守昌幸离世之后，猫田与助坚信真田幸村不会就此放弃，一定会再有行动。

然而，关东方面没有向九度山安插固定的人手，更未设置忍宿暗中监视。他们似乎认定，只剩下不到十名家臣的幸村不会再有何作为。

就算他真的去了大坂城，也肯定回天乏术。

此时的德川家康尚未将幸村放在眼里。他和秀忠父子怕的其实是故去的真田昌幸。甲斐武田家灭亡之后，德川家一度挥兵攻打上田，当时，真田昌幸的文韬武略给家康父子留下了深刻印象。现任将军德川秀忠更因此吃了莫大的苦头。

幸村长年被父亲昌幸的影子遮蔽。虽有"绝非泛泛之辈"的风评，却无人知晓他的实力究竟如何。比起幸村，与父亲、弟弟分道扬镳，投向关东旗下的伊豆守信之的名号无疑更为响亮。而且，这位信之对德川家的忠心天地可鉴。安房守昌幸死后，受命监视九度山的浅野家相信幸村不久便会去投奔兄长。

——尔等难道忘了长良川一事？

关原大战将要打响之际，阿江孤身突袭了长良川舟桥的家康坐轿。

那光景在猫田与助脑中挥之不去。真田草者，确实不容小觑。

（一个女忍者便有如此能耐，大御所大人断不会忘。）

当时，猫田与助将短矛投向阿江，可惜没有命中。事件的始末，与助早就告诉了迫小四郎。山中忍者里不乏嘲笑与助之人，觉得"那老东西"的话只是自我粉饰罢了。年轻时的小四郎难免听信谣言，直到他去中山峠的忍宿和池胁藤左共同生活……

"现在这些甲贺忍者，岂会明白与助的价值。"

藤左细数了与助的光荣史。迫小四郎对他的印象登时大大改观。恰好猫田与助那时来了，再加上草者阿江和奥村弥五兵卫的出现，小四郎对与助的敬畏之情不觉更甚。

"小四郎啊……何必待在此地荒废光阴，跟着我干一把吧！"

"可……没有头领的指示……"

"头领？你指谁？"

"伴长信大人。"

"伴长信不是山中忍者的头领。更不是我们的头领。"

与助斩钉截铁。

与助被头领与甲贺"抛弃"，大可为所欲为，但迫小四郎不行。没有头领伴长信的指示，擅自离开京都忍宿的话，难保头领不会命他切腹。

届时，他哪有反驳之理？

"那又如何……"与助苦笑道，"若因你擅自离家而要你切腹，那倒有救。听好了，小四郎，我再说一遍，伴长信不是甲贺山中家的头领。他如今只是一介家臣罢了。甲贺没有这种头领！"

与助操着沙哑的嗓音，激情四射。见与助如此拼命，迫小四郎心头一紧。年近八十的与助一心追逐草者阿江，然而岁月不饶人，体力不支令他心中无底。

若是有个盟友……哪怕只有一个都好啊！

小四郎明白，肯帮助与助的甲贺忍者，现下就只有他了。

（他竟然如此看重我……）

小四郎如此一想，不禁悲从中来。

打探阿江的行踪，就等于打探真田家草者的行踪。这绝非徒劳。东西反目之后，德川家康和将军秀忠一旦出征，难保草者不会进行突袭。关东方面固然会有万全准备，但根据与助的描述，对手的计谋要远远胜过关东。所以，帮助与助不是背叛关东，而是为关东尽力。就算日后遭到甲贺的怪罪，也能坦坦荡荡地分辩。

天下局势如箭在弦上，甲贺却迟迟不派人来联系迫小四郎。前些日子的钟铭事件让京都一片哗然，但念珠师家中一个甲贺忍者都没来。

"好。"

小四郎毅然说道。

"此……此话当真？"

"愿助一臂之力。"

"小……小四郎……"

猫田与助紧紧拥住小四郎。

"怎么了？"

"我……我太高兴了，还有比这更让人高兴的吗？这话我憋了好久，早就想求你帮忙了，可一直忍到今时今日……"

"是吗……"

"太高兴了……谢谢……"

猫田与助拥着迫小四郎，泣不成声，一如婴儿。

大坂城中，丰臣秀赖、淀君和家臣们召开密会。

关东的动向尚且不知，但丰臣家毕竟是将带回幕府（家康）条件的片桐且元打成叛徒，赶出了大坂城，所以现下一定要准备好跟关东开战。

德川家康听闻片桐且元安然离开大坂，不禁松了口气，说道："幸好东市正平安无事。"

他利用且元之事当了开战的口实，委实不忍再害他丧命。

京都所司代板仓胜重和本多正纯联名致函退居茨木城的片桐且元，告知家康的欣喜之意："大御所大人听闻此事钦佩不已，对您赞不绝口。"

家康懂得，片桐且元从此就不再是丰臣家的家臣了。他很快便派人传令片桐且元向大坂派兵。且元果然奉命，率军出征。

十月二日，天不亮时……

大坂的猫田与助与迫小四郎离开了念珠师家，开始暗中行动；而大坂城内的大野治长则派出密使，去了纪州的九度山。

第二章　大坂入城

第壹话

深夜，大野治长的密使原藏人带着两名手下抵达九度山真田府邸。

原藏人此前曾以密使身份来过九度山。

是年十月初二，就是现下的十一月三日。

原藏人先绕着真田府邸周围缓行一圈，确认村中并无异样，才迂回前往丹生川深处，穿过斜面的竹林接近真田府邸。

真田幸村立刻将原藏人召至房中，笑道："要动兵了？"

"是……"

原藏人道出片桐且元离开大坂城的始末，幸村眯着眼睛细听。

丰臣家给出的酬劳是金币两百枚，银三十贯。原藏人没有带齐全部酬金。但是，光从这数量便可知晓丰臣家对幸村的期待之大。倘若旗开得胜，幸村更将获得五十万石封地。

丰臣家正用各种手段召集各路流浪武将，哪怕是没有俸禄的浪人都不肯错失。

密使赶往四面八方。

真田幸村的报酬，是大野治长亲自定的。从太阁秀吉生前到关原一役前夜，幸村在伏见与大坂住过一阵子，治长对他很是熟悉。两人的关系虽不算特别亲密，却也曾把酒言欢。幸村留给他的印象极好。大野治长殷切希望，大坂和关东反目之时，左卫门佐大人会率先进城支援。

此前派原藏人来到九度山时，幸村的回答很积极，令大野治长喜上眉梢。

"愿尽绵薄之力。"

幸村欣然允诺。

"谢大人！"原藏人难掩兴奋，"需派多少人马迎接？"

"不用。"

"可……"

原藏人和大野治长都觉得幸村离开九度山有些危险。兴许浅野家的部队明天便会从纪州和歌山城下动身，前来监视。

"不必多虑。请转告右府大人与修理太夫大人，几日之内，左卫门佐定会进城。"

"这……"

"别担忧了。"幸村命人准备酒菜，又喊来向井佐助，问道，"角兵卫去哪里了？"

"在屋里睡着。"

"盯好了。"

"是。"

两人低低交谈，原藏人根本听不明白。

把酒交谈片刻之后，幸村劝原早点回到大坂。

“那好，在下就告辞了。”

“替我向修理太夫大人问好。”

“没问题，您务必多加小心。”

“好。”幸村将原藏人送到门口时，顺便对儿子大助说道，“替佐助看着角兵卫。”

“是。”

“叫佐助来一趟。”

大助离去，换来了向井佐助。

“佐助，送原大人到纪见峠。”

“遵命。”

而后，幸村又对佐助耳语了几句。

——送走原一行人之后，把纪见峠小屋的曾根十藏带来。

“听清楚没，佐助，走小路穿过纪见峠。”

“是！”

待原一行人与佐助出发，幸村便去大台所附近的角兵卫房间查看情况，只见大助正坐在门口。幸村将角兵卫的房门拉开一条缝，登时酒香扑鼻。

角兵卫鼾声如雷。幸村父子相视而笑。

“佐助回来前，就看你的了。”

“是。”

“待佐助归来，来爹这儿一趟。爹有话与你说。”

“明白。”

“那没事了。”

幸村点点头，回到房中。这时……

今晨从京都出发的猫田与助和迫小四郎奔向九度山，但离纪见峠还远得很。若只有小四郎一人，尚可日夜兼程，在太阳落山前踏进九度山境内，然而他毕竟带着与助。

与助故作冷静，说道："不急。"

但是，小四郎分明瞧出了他的焦躁。

太阳落山后，两人来到了南河内，借宿百姓家中。

起风了，落叶吹在门板上，呼呼作响。

"大半夜的，好大的风啊。"与助说道。

"天亮了。冷吗？"

"冷啥……"

当晚，猫田与助几近失眠。

第贰话

直觉告诉他，关东向大坂开战的时候到了。

大野治长的密使造访九度山那天，骏府的本多正纯致函逗留江户的藤堂高虎（伊势津城主）——

"决意征讨大坂后，大御所大人容光焕发，直如返老还童。此前，大人的御体和心情皆不甚佳，不料开战之事一定，大人便顿时精神。怪哉，怪哉。"

垂垂老矣的德川家康总算盼到了将丰臣家"斩草除根"的机会，怪不得会像年轻武士般斗志昂扬。家康以极强硬的手段逼迫大坂开战，如此谋略和关原之战时截然不同。

他甚至上书后水尾天皇，希望天皇降旨让他征讨丰臣秀赖。

"为何要征讨大坂？"

天皇不得其解。钟铭事件本就有些强词夺理的意味，让朝廷不敢轻易点头，更何况太阁生前跟朝廷有着深厚关系。所以，无论家康怎样催促，朝廷都不予回复。

这令家康怒不可遏，威胁道："信不信我把天皇流放到隐歧岛！"

当时，和故去的加藤清正齐名的另一位实力派大名福岛正则正好来到江户。此人和清正一样，都是丰臣家自幼培养大的。

由于关原之战中的杰出表现，他成了尾张清州（二十四万石）的城主，再加上安芸、备后（都是现下的广岛县之部分地区）两地，共计四十九万八千石。他的居城设在安芸广岛。

关原大战中，正则率先投向东军，为德川家康奋勇作战。他当时坚信太阁死后欲篡夺丰臣家的不是家康，而是西军主帅——石田三成。

家康以丰臣家大老的身份讨伐三成，所以正则才选择支持家康。哪知战后不到三年，家康竟当上了征夷大将军，开设幕府，摇身变成了天下人。

（不……不该啊……）

正则悔不当初。然而，一切为时晚矣。

福岛正则认为，加藤清正虽未明说，但肯定是同样悔恨交加。由此可见德川家康在关原之战时的伎俩是何等巧妙。老奸巨猾的家康利用了丰臣家嫡系大名对石田三成的憎恶，待他们察觉真相，无疑回天乏术——加藤清正、浅野幸长都唯有承认德川氏的霸权了。

然而，清正与幸长有深埋心底的决心与实力，令家康畏惧三分。从实力这点看，福岛正则也不差，至少不逊色于浅野幸长。家康亦深知正则这般枭雄拼起命来有多可怕。

清正、幸长等受过丰臣家恩惠的大名中，尚在人世的寥寥无几。福岛正则便是其中之一。是年，左卫门太夫正则四十五岁。对如今的德川家康而言，福岛正则的威胁比真田幸村之流大得多。正则深埋在胸中的不满，早已被家康看透。

真田幸村只带着不足十名家臣蛰居九度山，左卫门太夫福岛正则却是五十万石的大名！只要正则愿意，他随时可率数千将士从广岛前往大坂城。一旦开战，福岛麾下的勇猛将士定会发挥神力。

幕府捅出钟铭事件之前，特意让福岛正则前往江户，这究竟是不是偶然呢？

正则来到江户的府邸不久，钟铭事件便震撼了全国。而眼下幕府又让福岛左卫门太夫留守江户，命其嫡子备后守忠胜随行征讨大坂。

福岛忠胜是年十六岁，自幼居于江户府邸。父亲正则刚到江户，他便奉命回广岛做好出征准备。这自然意味着正则变成了人质。

有说法称，福岛正则从广岛去江户时，动了戒心。

（明明没有要事，为何将我召至江户？）

直觉告诉他，关东向大坂开战的时候到了。所以他便召来老臣福岛丹波，暗中吩咐道："东西决裂时，若我仍在江户，不必管我，带着将士去大坂城助右府大人一臂之力吧！"备后守忠胜回到广岛城后，福岛丹波便将正则的话转告了他。

福岛丹波本打算随忠胜去大坂城的，然而另一位老臣尾关石见没有亲耳听到正则的密令，奋力驳道："大御所率天下雄兵围攻大坂城，大坂绝无胜算。要保福岛家安泰，当站在关东一方。"

尾关石见身为老臣，身负重责，说出这话亦是理所当然。

广岛城中，福岛丹波与尾关石见各成一派，争得不可开交，最终以尾关石见一派的胜利告终。起到决定性作用的，是备后守忠胜的决断。

忠胜说道："我若去了大坂城，难保父亲平安。父亲还在江户啊！难道让我对父亲见死不救？万万不可！我做不到！"

日后，福岛正则听闻此事，不禁哀叹："这群蠢货……"

我们无从得知此事是否属实。然而，福岛家家臣分成两派争论不休之事，可信度极高。

来自大坂的密使雨森三右卫门抵达江户府邸，告诉福岛正则："右府大人希望福岛大人助一臂之力。"

福岛正则噙着热泪，答道："如今的左卫门太夫如同笼中之鸟。无从作答……右府大人的决意迟了三年，亦早了三年。"

言下之意，若是三年前和关东开战，加藤清正、浅野幸长与池田辉政尚在人世，丰臣家战力充足，绝不会输给关东；若是再晚三年，年逾七旬的德川家康没准就辞别了人世。届时，兴许能跟失去大御所家康威望的德川幕府一决胜负。

这可谓一语中的。

正则是否真说了这番话暂且不论。总之，这番话确实凸显了他复杂的心境。

第叁话

向井佐助和纪见峠的曾根十藏回到真田府邸时，天空尚是漆黑一片。

佐助从后门进了府邸，跟监视樋口角兵卫的大助换了班。十藏则像以前那样溜到幸村卧房的地板下面。

"十藏？"

"是。"

"纪见峠的小屋里有几个人？"

"除了小的，尚有三个。"

那三名草者中，有两名来自彦根的忍宿，另一名则是留守长曾根忍宿的伏屋太平。当时，伏屋太平都四十好几了。

"好。你回去告诉太平……"

"您说。"

"六日的夜里，我会离开九度山。"

"六日？"

十藏忍不住确认道。那毕竟是"极重要"的日子。

"六日夜里。风雨无阻。就这样告诉太平。"

"是。"

三日的早晨就要来了。

"十藏，别忘了我之前的吩咐，以后别再接近九度山了，明白？"

"遵命。"

"六日夜里，我会去纪见峠小屋的。我抵达之前，你们就要做好各项准备。"

"好的。"

"火速将此事告知下久我的阿江。"

"遵命。"

地板柱子下方有块活动木板。两人借助那个小洞交谈，一如既往。

"十藏。我有东西给你。把地板打开。"

"是。"

地板一角是可以打开的，但幸村从不曾使用。如今，它总算有了用武之地。

曾根十藏卸下活动木板，探出头来。卧房外的走廊由刚和佐助换班的真田大助看守。幸村的妻女们在山手殿以前的卧室里歇息。

"给，"幸村将事先备好的沉重包裹交给十藏，"沉着呢。"

"是……"

"黄金。替我交给阿江。"

"遵命！"

曾根十藏背着装有黄金的包裹离去。

天空开始泛白。幸村将大助召至卧房。

“为父要去大坂了。”

“是。”

“你母亲和妹妹们会跟着去的。但是，战事一开，兴许就会让她们搬到别的地方。”

“母亲刚刚告诉孩儿了。”

“哦……”一瞬间，幸村沉默了，须臾又开口说道，“大助……”

“嗯？”

“是跟我赴死，是去投靠沼田的信之伯父……两者随你选吧。去大坂城只怕不是上策，怎奈我这次一意孤行，妻子安危都顾不上了，一定要去大坂城才行。”

大助沉默不语，一双乌黑透亮的双眸凝视着父亲。

“你完全不用跟着我去。倒不如留下性命，延续我家血脉。我……”

突然，大助打断了父亲幸村的话。

“孩儿有一事想问。”

“哦？”

“父亲为何一定要去大坂城呢？”

真田幸村立刻答道：“当然是要取大御所的首级了。”

他说得甚是淡漠，无畏惧，亦无兴奋。

只见大助伏地行了一礼，说道：“孩儿愿随父亲同行。”

很久很久以前……父亲昌幸病故之后，幸村一度打算把儿子大助和山手殿都送到沼田的兄长府上。幕府自然知道九度山的大助，但幸村相信兄长信之有办法解决此事。譬如让大助隐姓埋名，去当信之的家臣；要不然就谎称大助病死。

总之，要瞒住幕府的耳目，易如反掌。

然而，幸村几天后便要离开九度山去大坂城了，眼下再送大助去沼田，自是难上加难。何况就算送去了，亦只会给信之增加烦恼。因此，幸村不得不确认儿子的信念有无动摇。

万一大助说想要存续父亲的血脉，幸村就要立刻另寻对策。

天亮了。朝雾朦胧，晨寒料峭。

幸村用完早膳，殊无睡意。

他唤来家臣高梨内记，说道："离开九度山的时机到了。"

"好。"

内记和一干家臣皆早有准备。

"冷静些。"

"是……"

"瞧你，眼神都变了。"

"这……"

"这副模样，如何成得了大事？"

"主公恕罪。"

"凑近些。"

幸村和内记商量了脱逃当日的安排，又让他去通知青柳清庵和其余几名家臣。

"切记一切照常。万事都准备妥了。"

说着，幸村露出了爽朗的微笑。

第肆话

此际，大坂入城的梦想成真，亡父的构想却恐怕难以实现。

高梨内记悄然离去之后，幸村又唤来大助询问角兵卫的情况。

大助答道："他刚吃了早餐，跟佐助去后院劈柴了。"

"哦……"幸村双目微闭，寻思片刻之后，说道，"让佐助来见我。"

"是。"

大助离开不久，佐助果然来了。

"主公有何事吩咐？"

"角兵卫可有异样？"

"未见异样。"

"过来。"

幸村指了指膝前的地方。

"是……"

幸村开始和佐助耳语。不知不觉，朝雾散去，熹微的阳光洒到屋内。幸村对佐助耳语了许久。佐助屏息凝听，眼睛都不眨一下。

"明白没有，佐助？"

"明白了。"

"一旦情势不佳，就诛杀角兵卫吧。以你的身手，胜算极大。总之，要不择手段。"

"遵命。"

佐助的眉眼一动不动。

幸村点了点头，又道："反正忍耐三天就行了。这事就交给你了。"

"是！"

佐助低头行礼，悄然去了走廊。

幸村取出了大坂一带的地图。那地图摊开来足有两张榻榻米大，凝聚着草者奥村弥五兵卫之魂，而大坂城内的一些细节则由幸村亲自补充。幸村曾以真田家人质的身份去太阁秀吉身畔生活。他根据当年的记忆，对地图加以完善。

幸村对着地图一动不动，直至傍晚时分。

倘若父亲安房守昌幸尚在人间，一定会陪着幸村入城。昌幸梦想着那一幕，不知疲倦地向幸村诉说着胸中的念想：

"若跟关东开战，要如此这般……"

如此的谋略和战术，唯有昌幸才想得出来。那傲人的思路，连幸村也不禁瞠目结舌。此际，大坂入城的梦想成真，亡父的构想却恐怕难以实现。

幸村当然想按照父亲的指示调兵遣将，但他到底不是丰臣家的主人。他只是一介武将。肯定会有好几名战将（譬如长宗我部盛亲）和幸村同时进城，而统领这些武将的"总帅"便是丰臣秀赖。然而，年轻的秀赖全无实战经验，就算他天资聪颖，众人亦会不服。所以，秀赖无法直接指挥那些东拼西凑来的战将。

昌幸和幸村曾指挥上田城的全军，如臂使指，但这次肯定不会那样顺利。从各地聚拢来的战将们召开作战会议之后，一旦有了结果，便会立刻付诸行动。届时，幸村的提议会不会被接纳都是问题。

——总觉得希望不大。

何况，真田昌幸的战略充满了奇思妙想，只怕会招来众将的苦笑。

昌幸的方针中最有希望实现的，便是——抢先出手，攻陷伏见城。然而，幸村不知道大坂方面的兵力如何。眼前的情势跟关原之战时迥然不同。要实现此计，就唯有奋不顾身，以雷霆之势攻下伏见城才行。

难度不小。

幸村推测德川家康会立刻攻来，不给大坂喘息的时机。所以，众人肯定会首先关注守城的问题。

以常理而论，若无别的盟友来支援，守城只是全无意义之举。但是，大坂城的情况不同。

大坂城不是一般的城。要攻下那硕大的城，无疑需要漫长的时间、庞大的兵力和不计其数的军费。大野治长宣称城内备有足以支撑三年的粮草。这话纵有夸张，总归会让一些人倾向守城。因此，大坂方面虽无强化附近各城的时间，却可设置一些近距离的城塞，跟城内互通有无，迎击来势汹汹的关东大军。

采取这一策略的可能性极高。

总之，这次战争恐怕不会任由幸村发挥全部的本事。

幸村同意去大坂城前，早就想到了这些。除了探求不可能中的可能，再无别的办法。只好从各种束缚中寻出能充分发挥他个性的战法了。

幸村入城后，会不会有真田家的旧部慕名而来？不得而知。

草者早就去各地通知尚有联系的将士们了，但仅靠那些兵力根本不足一战。话说回来，幸村没准会分到几百名浪人士兵吧？顺利的话，大概会达千人。所以首要的任务便是服众。

"为左卫门佐大人出生入死，在所不辞！"

——东拼西凑的浪人们若不能斗志昂扬，便无法变成幸村的手足。

幸村只求顺利指挥他的部队……不，必须如此。

幸村开始盘算他可以做到的事。

他要构筑起属于他的小城。

第伍话

倘若幸村替兄长打算一下，大概不会离开九度山吧。但是，信之坚信弟弟不会老老实实留下。

十月六日午后，幕府使者来到上州沼田城，通知真田信之出征。

信之的内弟本多忠政此前就派人将出征大坂的消息告知了江户的真田府邸，所以信之早就有了准备。

九度山的弟弟幸村的动向尚自不明。

京都的铃木右近不时联系信之，而他亦不知幸村的动向。右近一直想要暗中打探九度山的情况，却迟迟没有实际行动。沼田的真田家接近九度山真是太危险了。万一消息被关东得知，伊豆守信之对德川家的忠诚便会遭到怀疑。

倘若弟弟幸村去了大坂城，这对兄弟就又要像关原一役那样战阵相见了。

关原之战时，投向东军的真田信之协助其余的东军部队包围了父亲和弟弟据守的上田城。当时颇有人怀疑他会暗中联系上田城内的父亲和弟弟，等到关键时刻翻脸一击。

这一次，肯定免不了类似的怀疑。

关原之战时，幸村的岳父本多忠胜尚在人世。昌幸、幸村父子险遭死罪之际，这位岳父毅然出头帮信之求情，甚至威胁德川家康——若不保真田父子性命，老臣将和女婿伊豆守一同与德川家为敌，一决死战！

这是何等有力的靠山。

忠胜死后，本多家由小松之弟忠政继承。他同样帮信之多方奔走，可惜他缺乏忠胜的权威。

德川家康打算将真田信之安排到哪里呢？家康对信之的忠诚深信不疑，肯定不会让信之难做。

然而，信之不得不正面迎战弟弟幸村的部队。

关原大战中，父亲与弟弟在最后关头选择了打开城门，才避免一场骨肉血战。此番绝不会如此轻松。

（幸村到底有何打算……）

倘若幸村替兄长打算一下，大概不会离开九度山吧。但是，信之坚信弟弟不会老老实实留下。

一旦弟弟去帮助大坂方面……

（幸村是何等可怕，关东是否知晓？）

小松殿和家臣都绝口不提"九度山"三字。

"准备出征。"

信之如此命令家臣。

真田军择定十月十日清晨动身出征。而大御所德川家康出征的日子则是十月十一日早晨。

诸大名这次接到出征命令的速度，远比关原一役之时要快。关原之战时，家康紧盯诸大名的动向，迟迟未采取行动，此番却颇有些"等不下去了"的感觉，下达出征命令之余，更将部署传达妥当。关东、东北的诸大名都要至江户集结，其中自然包括真田信之的兵马。

而那些参勤江户、负责修筑江户城的西国大名们接到的命令则是："速速回到封地，等候出征指示。"

为这一刻，家康耗费了好几年的心血。修整道路，以加快关东军的行军速度；命近江的国友锻冶打造大量枪支与小型大炮；还通过英国商人购置欧洲产的石火矢（大炮），囤积大量制造子弹时需使用的铅……

他确实是不计成本。

现下唯一的难题，只是朝廷方面一直没有颁旨讨伐丰臣。朝廷本就不大喜欢关东的幕府，再加上幕府去年夏天制定的《公家众法度》……

《公家众法度》顾名思义，自然是针对天皇身边的公卿。内容包括："端正礼仪"、"不得招摇过市"、"当钻研学问"等。这内容如此蔑视公家，触怒朝廷是理所当然。

但是，愤怒归愤怒，朝廷根本无法反抗关东的权威。

（换了是太阁，哪里会如此无法无天？）

朝廷百官皆对丰臣秀吉的天下念念不忘。

"请朝廷颁旨，得讨伐丰臣之名——"

德川家康的如意算盘就这样落了空。

"将天皇流放到荒岛好了！"

家康火冒三丈。虽然焦躁，却没有耽搁酝酿许久的大坂攻略计划。

丰臣家自然懂得这次跟关原一役时的不同。他们预计会有大量蒙受丰臣家恩惠的大名前来助阵。

"请速速入城"——使者们带着丰臣秀赖的亲笔信，拜访了福岛正则、前田、浅野、蜂须贺、锅岛、伊达等大名。结果，大名们不但按兵不动，反而把秀赖的亲笔信上交幕府，以示忠诚。关原之战后，家康穷十几年心血，处心积虑笼络各地大名，如今总算到了开花结果的时候。

去了大坂城的，唯有一些浪人。西军落败关原，无数将士流离失所。更有一些将士因种种缘由失去主家。据称当时足有三十万武士沦为浪人。

以心崇传曾戏称去了大坂的浪人们是肮脏不堪的短工。

话说回来……

真田信之正忙着准备出征之事。若是着急，明日便可动身。但是，真田部队要随将军秀忠沿东海道西上。

秀忠离开江户的日子，是本月二十日前后。

况且，真田家情况特殊。

曾在上田本家侍奉过真田昌幸的家臣不在少数。这些家臣若听闻幸村入城，将会作何反应？

信之召来重臣，安排哪些出征，哪些留守。然而，纵是让昌幸的旧部留守沼田，怕亦无法留住他们的心。那些人定会逃离沼田，赶往大坂，以求助左卫门佐大人一臂之力。

信之特地单独唤来长门守池田纲重。昌幸死后，纲重从九度山来到了沼田。

信之叹道："长门守，这事情啊……"

池田纲重平伏在地，默然不语。

"我不得不让你留守沼田。"

"是……"

池田纲重微微瞥了信之一眼。

"你可有不服？"

"不，谨遵主命。"

"倘若父亲活着，他一定会去大坂的。"

池田纲重不知该如何接话。

"你会陪父亲去的，对吧？"

纲重立刻答道："是的。"

"跟你一同从九度山回来的将士们……他们情况如何？"

"平静无事。"

"那就好了……"

"您请宽心。"

池田纲重和信之四目相对。

信之微微低头，说道："那就有劳你了。"

第陆话

信之深知那一刻终将到来。就算没有弟弟幸村的事，家康死后的真田家亦难有宁日。所以……

真田信之命从九度山回来的池田纲重等家臣留守沼田，此举堪称理所当然。信之相信弟弟幸村会去大坂城。

那样的话，一旦开战，池田纲重等家臣该是何等痛苦？

况且，池田纲重等人难保不会利用出征的机会从军中脱逃，投靠大坂城内的幸村。

信之对此颇有顾忌，甚至曾对别的重臣说道："长门守等从九度山回来的将士若是出征，一定会联系左卫门佐吧。"

哪知长门守池田纲重竟堂堂正正说道："您请宽心。"

信之羞愧难当。就算没有羞愧难当，总有些难以名状的面红耳赤。

池田纲重就算跟真田幸村的部队狭路相逢，都不会去投靠幸村。他只会勇往直前，英勇出战。信之看到他此刻的表情，自然就略知一二，所以才如此羞愧，不觉低了下头。

信之刚一低头，池田纲重便再度伏地行礼。主从二人保持着各自的姿势，一动不动。秋风卷着落叶，拍到了信之房间的纸门上。

片刻后，信之突然问道："你说幸村会不会去大坂城？"

池田纲重闻言抬头，答道："会。"

"果然……"

"是的。"

"那他为何要进城呢？"

"要取大御所的首级。"

"除此……再无所求？"

"是。"

"唉……"

信之点了点头，紧闭双目，喟然一叹。池田纲重听得清清楚楚。

真田幸村是如何看待此番大战的？是否又像关原之战时那样，抱着必胜的决心入城？

（不，不可能。）

关原之战时的德川家，跟开创了江户幕府、以征夷大将军之姿统治天下的德川家，哪能同日而语？

无论战况如何，大坂方面的败北只是早晚之事。

（弟弟绝不会看不清大局……）

得知幸村去了大坂城的消息之后，真田家旧部中一定会有人前去支援。但是，沦为浪人而且愿意出力的旧部估计没有几个。

就是说，幸村无法像坚守上田城时那般随意，唯有率一队杂牌浪人杀出阵来。面对如此不利的局势，他能发挥出多大的本领？

他若肯老老实实待在九度山，战后定能回到信之身边。恐怕大坂早就去向幸村求助了，只要幸村不理，幕府便会将他从蛰居中解放出来。而信之亦会借助本多忠政的力量，向德川家康和幕府求情。

这一回，家康定会让信之如愿。但幸村回到信之身边后又当如何？恐怕会以信之重臣的身份终老。但是，信之知道弟弟是条汉子。

那样的结果，是否如他所愿？想到这儿，信之顿感绝望。

德川家康年逾七旬，再如何硬朗，大战后也撑不了几年。一旦没了家康，天下便会由将军秀忠独自坐镇。

届时，对真田家怀有怨念的将军秀忠将如何看待幸村？

不，不仅是真田家。其余那些大名的日子肯定都不会好过。

信之靠着大御所家康的信赖，熬过关原一役的难关，救下了父亲和弟弟的性命。家康懂得他的忠诚，可秀忠呢？

（绝不会懂。）

信之深知那一刻终将到来。就算没有弟弟幸村的事，家康死后的真田家亦难有宁日。所以……

在立场如此尴尬的兄长家中，寄人篱下，凡事皆需留意，又要看幕府脸色。这便是幸村想要的吗？答案显而易见。如此度过余生，幸村自是生不如死。他唯有抓住最后的机会，以战将的身份前往大坂城，向世人昭示他的奋战之姿。

幸村看重的根本就不是胜负。

关原一役，西军可耻的败北让真田昌幸、幸村父子愕然。

"岂有此理！明明是稳胜之战，怎会弄成这样！"

光是壶谷又五郎和阿江主导的草者突袭，就先后两次将家康逼至绝境。更何况，上田城咬住了德川秀忠的第二军团，硬是让他错过了关原之战！纵然如此都没能扭转战局……

真田父子的无奈可想而知。

这一次，幕府的大军将会围困大坂。

大坂若是先发制人倒好，但他们肯定没有如此机警。德川家康眼看着便要出征，这意味着对方只得守城。

大坂城确实是太阁秀吉建造的天下无双之城，然而城内的结构早就被德川家康摸了个透。

依真田信之所见，大坂方绝无胜算。

（幸村肯定明白……）

明知要输，却毅然赴难，这说明幸村只有一个目的。

正如池田纲重所言——取大御所家康的头！

信之暂时没有明确得知幸村的想法，但弟弟若真的成了大坂方的战将，他自然不会放任不管。

话说回来，信之一直没有收到草者余党的消息。

（总觉得他们暗中跟九度山保持着联系。）

向井佐助没有回到沼田跟父亲向井佐平次团聚，便是铁证。

父亲昌幸死前，奥村弥五兵卫好像去了九度山。

信之不知草者现存的实力如何，却万万不敢将之小视。

大坂城内的真田幸村极可能派草者奇袭家康。

拿下家康跟打败德川幕府当然不同，大坂方面亦无法因此取胜。但是，家康之死一定会给幕府带来巨大打击。

（幸村啊，关东方面尚不知道你的实力……）

第柒话

这种时候，向井佐平次在做什么呢？

他仍侍奉在伊豆守信之左右，却不是正常的侍臣。跟以前侍奉幸村时一样，他只是照顾信之的起居和照料战马罢了。

信之曾无数次提议为佐平次升官，还亲口问他有何愿望。

"别无所求。"

佐平次总是百般推脱。

目前，他跟妻子茂枝、女儿阿春一同居于府邸盐部屋附近的小屋。茂枝是年四十九岁。关原大战那年出生的阿春十五岁。向井佐平次则是五十一岁。

佐平次头发渐疏，白发越发多了，昔日英气逼人的脸庞更是布满皱纹，唯一不变的是挺直的背脊与消瘦的身材。他依然身轻如燕，办事尽心尽力，不知疲倦，甚为健康。

茂枝倒是胖了。佐平次曾端详着茂枝越发富态的腰身，感叹女人的身体居然能胖成这般模样。

话说回来，茂枝虽然胖了，身体倒是健康如故，深受信之夫人小松殿的信赖。信之把他们夫妇和儿女的衣物皆交由茂枝缝补。

茂枝也不指望平步青云，一如夫君。

府邸的侍女们都对茂枝尊敬有加。茂枝为人宽厚，而伊豆守夫妇对佐平次夫妻的重视亦为他们赢得了尊重。向井佐平次没有俸禄，身份和职务皆是平平无奇，但信之的家臣们都不敢得罪他。

小松殿非常疼爱阿春，片刻都不让她离开身边，甚至曾对信之说一定要好生照顾阿春才行。言下之意，是想把阿春留在身边，再给她挑个合适的人家嫁了。

佐平次夫妇为女儿的幸福着想，自无异议。

唯一的儿子佐助一直杳无音讯。在夫妻俩心中，这个儿子就当没生过。

佐助以真田父子家仆的身份去了九度山，之后再没来过沼田。这家伙好歹是个草者，若要暗中看望父母和妹妹，肯定轻而易举。结果他不仅没露过面，就连信都没写过一封。佐助是佐平次二十二岁那年生的，如今已年过三十。想到这儿，佐平次夫妇自然不会全无感慨。

然而，夫妻俩早就养成了绝口不提佐助的习惯。尤其是茂枝。当年正是她主动将佐助交给了叔父——草者横泽与七。茂枝的亡父赤井喜六亦是草者。如此决定，无疑是茂枝深思熟虑的结果。佐平次常想，她大概是毅然舍弃了骨肉亲情，以求拥有一个值得骄傲的草者儿子。

夫妻俩去了沼田的真田家，儿子佐助却跟着幸村去了九度山，茂枝肯定有些忐忑不安。

然而，值此战火将燃之际，茂枝竟是面不改色，冷静异常。

刚收到幕府的号令时，沼田城上上下下都忙着准备出征之事。茂枝指挥着女眷们，一门心思准备衣物。

信之的两个儿子亦要随行出征。而且，这将是长子信吉（二十二岁）和次子内记（十九岁）的初阵。

话说回来，对向井佐平次而言，儿子佐助究竟有何意味？无疑，佐助继承了他的血脉。佐平次当然疼爱佐助，但这对父子的关系又跟别的父子不大相似。佐平次从很早就开始侍奉幸村，跟随幸村东奔西走，一直没有跟妻子过上平静的日子，好容易回到家中，却发现儿子已成草者，离开了父母的羽翼。有时，佐平次甚至不觉得有过佐助这个孩子。

（想来佐助亦是如此。）

关原之战结束十几年了，佐助兀自没有音信。佐平次甚至有些恐惧。

（莫非这才是真正的草者……）

眼下，真田家上下最关注的便是左卫门佐大人会不会去大坂城。

昔日那些真田氏本家的家臣们的复杂情感不难想象。其中不乏暗自兴奋之辈。

（这一刻总算来了！我就是冲着这一刻才来沼田卧薪尝胆的啊！）

他们紧紧注视着从九度山回来的池田纲重等人，暗想若纲重他们离开沼田，便要跟着他们……

信之最怕的便是此事。跟池田纲重谈了之后，这不安一扫而空。

池田纲重召集从九度山回来的一千人等，强调道："万万不可背叛主公！"

真田信之是真田氏本家的当主。

"万不可给主公抹黑！"

这才是真田家家臣之道。

纲重向大家说出了离开九度山前，幸村嘱咐他的话："好生辅佐兄长，好生守护真田家。"

纲重是昌幸的家臣。昌幸一死，他对昌幸的忠诚和道义便都跟着昌幸没了，因此自然要回到沼田的真田家。

幸村亦想减少身边的人，以一介浪人的样子度日，以免给沼田的兄长惹事。

池田纲重当然懂得幸村的良苦用心。

信之派池田纲重出面稳住留守沼田的那些家臣。昔日的上田本家将士之中，凡是疑似会投向幸村的人，都没有接到出征的命令。

幸村一旦去了大坂，沼田的真田部队就会跟幸村的部队正面交锋。这是战阵上的常理。倘若有人当了幸村的奸细，兄长信之颜面何存？

第捌话

（佐平次投靠我之后不求出人头地，莫非正是
等着今时今日？他暗自期待着回到左卫门佐身
边，只怕是早就打定主意了吧？）

十月八日的深夜，真田信之就要动身出征了。

"此次出征，你要不要跟着去呢？"

茂枝突然停下手中的针线活，朝向井佐平次问道。

女儿阿春和众侍女一同生活在小松殿日常起居的府邸一角，晚上极少回父母的房间。

两天前——十月六日，幕府的出征命令送达真田家。次日（昨日）早晨，信之就此事跟池田纲重进行了密谈。期间，向井佐平次一如既往地伺候信之，全无异样。信之根本没对向佐平次提到出征之事。若要带他出征，总该提一句吧；若是不带他去，亦当告诉他一下才行。然而，佐平次问都没问。

莫非信之认为带佐平次同去太过理所当然，而佐平次亦是如此认定？不得而知。反正佐平次没让妻子茂枝打点行装。出征之人，无论身份如何，都会忙着打点行装。佐平次没有明确的职责，只是信之的一个仆人，确实不用如何准备。但是，他不是普通的仆人。

营地里没有女眷，倘若再没了佐平次，信之定会有各种不便。

真田信之何以对出征一事缄口不言呢？每当佐平次出现，信之总会直愣愣地凝视他的表情，仿佛要从佐平次的神色、举止中打探一二。

佐平次自然察觉了他的目光，却继续服侍着他，恍若无事。

佐平次辞别了一直跟随的幸村，来到了沼田的信之府中，变得比以前更沉默寡言了。有趣的是，信之同样是个沉默寡言之人。他不会像幸村那般说笑，更不会突发奇想，喊句"随我来"便跨上马驰骋原野。

信之偶尔发话，佐平次的回答总是非常简短。但是，他将信之的饮食起居照料得点滴不漏。此次听闻出征的消息，佐平次便同小松殿商量了一番，从贴身衣物到足袋，悉数准备妥当。

不愧是常年伺候幸村的佐平次，办事全无疏漏。

我们让话题回到十月八日的深夜吧。刚才说到茂枝停下了手中的针线活。当时，佐平次正要钻进被窝。

"我……"佐平次说到一半，钻进被褥里翻了个身，背对着茂枝，淡然说道，"我去不了。"

"去不了？"

"对。"

佐平次点了点头，闭上双眼。

"难道主公觉得你仰慕左卫门佐大人，怕你溜出阵营，投靠大坂？"

"这……"

佐平次竟含糊其辞。

"你不知道理由？"

"是的。"

"你就不想跟去？"

"这……"

"这？"

"没事……"

"没事？"

那晚，茂枝不断追问。佐平次沉默了。他沉默了好久好久……

他背对着妻子，双目紧闭，却未睡着。他都不需要用眼去看，便知道茂枝停下了手中的事，凝视着他那被褥子裹住的背脊。

忽然，茂枝站了起来。

佐平次以为她要过来，不料她却打开了房间角落里的橱门。

（她从橱里拿出的是……）

茂枝捧着那东西，来到了佐平次的枕边。

"老公……老公……"

"何事？"

"起来再说。"

"怎么了，一本正经的。"

"别管了，你先起来吧。"

"好吧……"

向井佐平次翻身坐起，登时惊得目瞪口呆。枕边放着的，分明是给佐平次上路准备的行装。

"茂枝……"

佐平次唤着妻子的名字，不知该说些什么。茂枝微微一笑，没有说话。

佐平次手足无措，呻吟般问道："你……你这是……为何？"

“这不是你一心所求的嘛。”

“这……”

这确实一针见血。佐平次再次语塞。

“这点心思，哪能瞒得过我。”

佐平次没话说了。

“看来……你果然打定主意要去投奔左卫门佐大人了啊……”

佐平次脸色惨白。

“你该不会打算空着手离开沼田吧？”

佐平次微微点头。

“果然……”

佐平次没有说话。

“我不拦你。”

“茂枝……”

“别说了。你想的事呀，我是最清楚的。谁让咱们是两口子呢。”

“谢谢……”

“这话说的。你没有身份，又没有名号，离开沼田又有何妨？你就别瞎想啦。”

茂枝压低嗓门，话音显得有些紧张，却无一丝一毫的迟疑。

夫妻两人四目相对。一瞬间，一切尽在不言中。

夫妻之间，不需要多余的话。

须臾，茂枝忽又开口说道：“这下子，你就能见到佐助了呢。”

“茂枝……”

佐平次伸出双臂，搂住茂枝厚实的肩膀。茂枝肥硕的身躯顺势倒在佐平次瘦弱的胸口。

恰是这时，府邸卧房里的真田信之打定了主意。

（就让向井佐平次跟着去吧。就这样好了。）

想到佐平次叛逃的可能性，信之拿不准要不要带他出征。

但是，一个佐平次投靠弟弟幸村，不会有损真田家的名誉。佐平次只是个无名之辈，没有明确的职务，又没有俸禄，因此根本没进真田家的名簿里面。

无名之辈擅自离去，就不用通报幕府了吧。

（佐平次投靠我之后不求出人头地，莫非正是等着今时今日？他暗自期待着回到左卫门佐身边，只怕是早就打定主意了吧？）

无人知晓。

得知出征命令之后，佐平次的言行举止均无异样。倘若决意离去，内敛如佐平次亦会表现出激动之情。然而，他根本没问信之的出征准备。

"主公有何吩咐？"这样问一句自然是情理中事。

（兴许他是见我沉默不语，才故意不问的吧。）

若是如此，神色该有些异样才对。

（这家伙到底想怎样呢？）

佐平次和茂枝这对夫妻、信之和佐平次这对主仆，都试探着对方肚子里的小算盘。唯有茂枝给出了决定性的答案，继而付诸行动。

小松殿曾私下建议信之将佐平次留在沼田。

"不，这样只会更危险。反倒是带着他，给他些责任，他便不会贸然出逃。"

参加必败之战，对佐平次有何益处？

当晚，信之想妥当了。他觉得佐平次跟弟弟幸村毕竟是不一样的。

第玖话

翌日（九日）一早，真田信之用完早膳，走进居室，唤来侍臣小川治郎右卫门，让他去把佐平次喊来。

"是！"

治郎右卫门退下许久之后，才回来向信之报告。

"大人，向井佐平次不知所踪了！"

"啊？"信之脸色微变，"不知所踪？"

"正派人搜寻。"

"把茂枝喊来。"

"是。"

不久，小松殿带着茂枝来了。她似乎先把茂枝审问了一番。

"茂枝，佐平次去了哪里？"

"奴婢不知。"

茂枝称，早上一睁眼，夫君佐平次便没影儿了。

明日便是信之出征的日子。

“怕是公务繁忙……”

所以她便没当回事。听闻信之四下搜寻夫君的下落，小松殿亦来向她打听，可她兀自坚持那番说辞。

“哼……”信之跟小松殿面面相觑，对隔壁房间的小川治郎右卫门说道，“你先退下吧。”

治郎右卫门悄然离去。茂枝伏地行礼，瞪大双眼，却殊无惊讶之色。

“茂枝。”

“在。”

“佐平次从未不辞而别。”

“是。”

“你觉得呢？”

茂枝沉默片刻，方才答道：“恐怕他是逃了。”

信之夫妻再次面面相觑。

小松殿问道：“逃……莫非他早有叛逃之迹？”

“不，直至昨夜都一如往常。”

茂枝回答得很明确。

她确实没有说谎。信之夫妇眼中的向井佐平次全无异样。

朝阳原本透过纸门浅浅地洒在地上。突然，天阴了。

屋里变昏暗了。

茂枝犹自保持着伏地行礼的姿势。

小松殿又问道：“他有没有打点行装？”

茂枝答道：“没有。”

“莫非是空手走的？”

"是的。"

"且慢……"信之插嘴道，"茂枝，你方才说佐平次怕是逃了，你为何如此确定？你觉得他是去了哪儿呢？"

"肯定是去大坂追随左卫门佐大人了。"

好一个直言不讳。

"我们尚未接到左卫门佐去大坂的消息。莫非九度山有人通风报信？"

"没有。"

"茂枝，你早就知道佐平次想的事了？"

"佐平次从未对奴婢明说。"

"那你又如何知道他去追随左卫门佐呢？"

"奴婢是向井佐平次之妻……"

信之无言以对。接到出征命令之后，信之和小松殿都没有跟对方提到九度山与幸村。但凡共度漫长岁月的夫妻，都有心灵相通的本事。不用把每件事都说明白。

茂枝答称，佐平次对幸村的敬仰虽然一直不变，妻子女儿却毕竟都在沼田府中伺候信之，所以她一直觉得佐平次不会擅自离去。

"这便是奴婢所想。"

信之喃喃道："这样啊……"

只见茂枝伏地说道："我夫罪大滔天，望大人降罪惩罚……"

信之唯有咂舌道："罢了，退下吧。"

小松殿从旁催促，茂枝方才退下。

这回，信之真的开始咂舌，暗自感叹："好厉害的女子！"

雨点敲打着后院。那是秋冬之交的阵雨。

沼田城下，一场秋雨一场寒。冬日的足音渐近。

隔壁房间传来小川治郎右卫门的声音。

"启禀主公。"

"嗯？"

"诸位重臣都到了。"

"好。"

明晨便将出征，信之要跟重臣们进行最后一次商议。

他站起身来，缓缓踏进走廊……

第拾话

幸村一直被昌幸的光环遮着，没有光辉的战绩。上田攻防战中，他所表现出来的骁勇和智谋都被众人当成了其父昌幸的才华。

十月六日下午，幕府的出征命令到了上州沼田城的真田信之手里。同日，真田幸村离开了纪州的九度山。

此时，奉幕府之命监视幸村的和歌山浅野家尚未接到出征之命。

真田幸村从五日那天就开始行动了。他让妻子於利世夫人和女儿阿梅、栗子三人先行脱身。

说是"脱身"，其实真田府邸根本没被敌军团团围住。浅野家亦未从和歌山城派士兵赶来。

四日深夜，幸村的妻子带着两个女儿，去了池田纲重等人以前住的泥地房间，打扮成农妇模样。

五日午时，三人离开了府邸。

向井佐助指挥着两名家仆查看附近情况，同时带着女眷溜出府邸。第一批一人，第二批两人。

纪之川畔，阿江早早率数名草者来此等候，将於利世夫人和幸村的女儿们接到了纪见峠的小屋。

府邸内兀自留有三名侍女。

幸村吩咐樋口角兵卫不要擅自行动，所以他只得老老实实跟着幸村。一直以来，角兵卫没有向幸村提出任何疑问。

九度山的村路上，自然有村民看见了於利世夫人一行，但大家都未怀疑她们。

真田府邸的仆人和侍女离开府邸，委实不是稀罕之事。大家有时甚至会见到幸村骑马的英姿。幸村时不时就送些美酒、蔬菜给附近村民，因此大家对真田府邸的人颇有好感。

纪见峠方面早就备好了行装，於利世夫人只要打扮成农妇模样，扣上草帽，就可以轻装离去。

九度山一带全无半点异样。

此时，早该来到九度山的猫田与助和迫小四郎犹未翻过纪见峠。何以如此？暂且按下不说。

话说五日傍晚，向井佐助回到九度山，将三人和两个家仆平安抵达纪见峠一事报知幸村。

"好，"幸村微笑道，"阿江都来了呀？"

"是的。"

"哈哈……"

"启禀主公……"

"何事啊，佐助。"

"主公，咱们要不要晚上就……"

"晚上就走？"

"是的。"

明天的事情，谁都无法预料。

佐助尚未听说德川家康让诸大名出征的消息，他只是担忧浅野家的士兵会突然从和歌山来到九度山。他知道草者正守着和歌山和九度山之间的路，以监视浅野家的动向，但他确实希望幸村早早脱身。

"不用。"

幸村决定明日视情况先让三名侍女逐一离开。他让妻女随着他去大坂，却不强迫侍女和家仆跟来。

"想去哪儿就去哪儿吧。"

每个人都得到了赏钱，但这些侍女和家仆都决定跟幸村共进退。

是夜，曾根十藏离开了纪见峠的小屋，溜进真田府邸的地板下，禀报幸村一切顺利。

"好，一切都照计划进行。"

"遵命。"

六日早晨，於利世夫人一行将由阿江率草者送到大坂附近，等幸村来了之后，一同进城。

幸村、大助父子的甲胄和兵刃都提前运到了纪见峠的小屋，所以两人只要轻装离开就行了。

於利世夫人的旧卧房现由樋口角兵卫住。此时，他喝了酒，睡得正熟。隔壁房间里，大助正和佐助密切监视着角兵卫的动静。

角兵卫不会没察觉府邸里的异样，却选择了保持沉默。

幸村不禁苦笑着想，阿角这家伙难道哑了不成。

"明晚静候主公光临。"

"好，你们一切留意。"

"是。"

曾根十藏借助地板下的密道离去。

纪州和大坂两地之间，阿江正率草者准备幸村离开九度山之事。他们设想了各种情况，商讨了各种对策。

"若是那样，便当如此对付……"

和歌山的浅野家自然从大坂府邸得知了片桐且元离开大坂城的具体情况。

——动兵的时刻到了！

他们肯定绷紧了神经，哪知幕府却一直没给出指示。他们万万想不到真田幸村会逃离九度山。真田昌幸死后，浅野家早就不将九度山当回事了。毕竟，昌幸生前，这对父子尚且看不出有离开九度山的念头。

这足以说明当时的真田幸村是何等低调。

幸村一直被昌幸的光环遮着，没有光辉的战绩。上田攻防战中，他所表现出来的骁勇和智谋都被众人当成了其父昌幸的才华。

昌幸死后，别说浅野家，就算是德川家康和幕府都没有重视幸村。

现下的家康跟关原之战时大不一样了，自负天下大名悉数由他控制，浪人组成的杂牌军就算添上一个真田幸村，又哪里会动摇他的自负？

直到幸村出阵表现之后，家康、幕府和诸大名才纷纷震骇莫名。

第拾壹话

十月六日清晨，猫田与助和迫小四郎尚未来到九度山周围。

他们究竟去了哪里？

那天——十月二日，与助和小四郎从京都的忍宿前往九度山，当夜寄宿南河内的农村百姓家。

那一夜异常寒冷，狂风大作。与助兴奋得难以入眠。

这便坏了事。

与助毕竟年近八十，强忍着日积月累的疲劳，身体早就衰弱不堪，再加上亢奋和失眠……猫田与助自幼接受甲贺忍者的训练。然而，垂垂老矣的他确实难以招架这些。

三日一早，迫小四郎便被身旁的呻吟惊醒。

睁眼一看，只见猫田与助正仰面朝天，张嘴呻吟着，脸色惨白。

小四郎猛然坐起，暗想这家伙难道昨晚猝死……

与助尚未死去。别忘了，他还在呻吟。

"你……你怎么了？"

小四郎凑近问道。与助不答，唯有呻吟。

——怕是没了意识。

"不妙！"小四郎伸手摸了摸与助的额头，火一般滚烫，"这可怎么办啊……"

本打算去九度山探查真田府邸的情况，哪知……

"这该如何是好……"

小四郎犹豫了。这种情况下，他唯有冷静行事。

迫小四郎被猫田与助的执著打动，陪着他来到此地。然而，他本该独自看守京都的忍宿才是，那是甲贺头领伴长信的命令。

一路上，小四郎总是暗暗担忧。他知道现下的形势堪忧，万一有人来到京都的忍宿……

他擅离职守的事情立刻就会曝光！

当然，小四郎答允与助时就想到了这些问题，但眼下与助成了这副模样，一切事情自然跟着乱了。

没有甲贺的指令，独自去九度山探查又有何用？

小四郎凝视着痛苦喘息的与助。

"他不会就此死掉吧？"

——极有可能。

反正这几天是动不了了。况且……

若是放任不管，这家伙保证一命呜呼。

小四郎手头没有良药，但京都忍宿备有各类药材。

（等他病好了再说吧。待他病好，再助他一臂之力。）

小四郎盘算妥当，唤醒百姓家的老夫妇，给了些金银，说道："我会带着药回来的，尚望二位帮着照顾那位老人。"

　　一无所知的老夫妇见与助突然病成这样，登时吓得不轻。两人都是善良的人，就算小四郎不给金银，亦会好生照顾与助。

　　"那你快点拿药来吧。"

　　"这个自然。"

　　小四郎先煎了农户家中的草药，喂与助服下，又告诉老夫妇该如何照料。猫田与助的病，应该是我们常说的肺炎。

　　"万事拜托了。"

　　小四郎收拾好行装。与助微微恢复意识，却又高烧着呻吟起来，甚至不知喂药的是小四郎。

　　十月三日清晨，迫小四郎离开南河内的百姓家，奔回京都。南河内距离京都十五里路，以小四郎的脚力，一眨眼的功夫便到了。他回到京都忍宿，翻出甲贺忍者使用的良药，当天深夜便回到了南河内。

　　猫田与助犹自活着。他痛苦呻吟，却不再似今早那般绝望。小四郎照顾他到四日早晨，再换老夫妇照顾。

　　小四郎离去之前，将甲贺煎药的用法仔细讲了一番。

　　"你这是回哪儿去啊？"

　　"啊……大坂。"

　　若坦白说是京都，老夫妻肯定不信。忍者的脚力之快，不是常人能想象的。

　　当日正午时分，迫小四郎回到了京都的忍宿。他自三日早晨开始不眠不休，直至现下。对二十九岁的甲贺忍者而言，这点辛劳只是小事。但是，人类总不会一点都不疲惫的。

　　（那对老夫妻会好生照料他的，我就先歇会儿吧。）

小四郎锁好门窗，连被褥都没铺便直接躺下，沉沉睡去。

而后……

他听到了敲门的动静，双目猛然睁开。

有人敲着忍宿的后门。听那节奏，正是甲贺的暗号。

"啊！"小四郎忙去打开后门，一见来人，登时呆了，"头领……"

不错，来人正是旅人打扮的甲贺忍者头领——伴长信。

半长信身后跟着两个甲贺忍者。一个是柏原市藏，另一个则是下辻作兵卫。这两人皆是四十许间，深受伴长信的信赖。

"吓到了？"

伴长信微笑着走进屋里。

伴太郎左卫门长信，年近六十，外表却只有五十出头。

长信身上没有故去的大和守山中俊房那种妖魔派头，而是一副熟悉世故的模样，犹如某个大名的家臣。谁想得到他竟是甲贺忍者的头领。

"头领……"

小四郎立刻低头行礼。

伴长信笑道："闲坏了吧？"

"不不……"

"关东和大坂就要动兵喽。"

"是的。"

"得让这忍宿生效了。小四郎，有你忙的了。"

小四郎的预感成真了。

"我晚上就住这儿了。"

"是。"

　　这样一来，小四郎哪有机会说出猫田与助之事？就算到了明天，只怕都去不成南河内了。

　　（与助之事，只好放弃了。）

　　翌日——五日，伴长信换了一身武士装扮，独自出门。柏原市藏和下辻作兵卫则留了下来。小四郎果然无法离开忍宿。

　　（不知道与助有没有好转些啊……）

　　小四郎挂念着与助，却唯有放弃救他。

　　同日，真田幸村的妻女顺利离开了九度山。

第拾贰话

十月六日，如前所述——是日午后，沼田的真田信之收到了幕府的出征命令。

那日凌晨，九度山的真田府邸里，幸村的卧房中，有人轻轻换道：

"佐助……佐助……"

隔壁房内小憩的向井佐助早就醒了。他早就察觉了主公卧房内的微弱动静。

佐助悄然拉开纸门，不禁愕然说道："您都准备好了……"

幸村扮成普通百姓的模样，这不值得惊讶。装成百姓，本来就是逃脱大计的部分之一。但是……

不是说晚上才动身来着？

"佐助，去看看角兵卫。"

"好的。"

"顺便让大助来一下。"

"遵命。"

於利世夫人的卧房内，樋口角兵卫正呼呼大睡。他身旁的被褥里躺着大助。大助一见佐助，立刻翻身坐起。

佐助凑近了他，说道："快去。"

"父亲？"

"对。"

佐助说着，看了看沉睡着的樋口角兵卫。

大助点点头。从昨日开始，角兵卫便来这房中喝上了酒。喝了就睡，醒了再喝。哪怕是到了夜里，美酒都源源不断。酒中混有草者常用的蒙汗药。角兵卫喝了酒，不久便倒进褥中，沉沉睡去，一次都没醒来。

大助跟着佐助回到了父亲幸村的卧房。

"父亲，是不是要行动了？"

"对，我刚刚睡醒想好了。"

幸村说道。实际上，他昨晚便命佐助暗中给角兵卫下药，所以怕是昨天就打定了主意。

"我先走，然后让侍女们一个个出去。大助、佐助、高梨内记、青柳清庵等人殿后。"

"不等晚上再行动了？"

"不用，相机行事。"幸村卸下地板的活动木板，"就这样吧。"

"好。"

幸村下半身钻进洞里，朝两人笑了笑，脸跟着陷了下去。

佐助盖好木板，对大助说道："晚些时候，咱们就从这里……"

"好……"

幸村从地板下爬了出去，跑进后院的竹林。

风兀自吼着，雪片从高野山吹来，四周昏暗得犹如黑夜。

幸村戴着草帽，取道竹林，来到丹生川畔。他甚至都没带短刀。川畔林间有条小路，纵是白天，河对岸的人都看不清这里。

"天凉了呀……"

幸村弯腰走着，喃喃说道。他搓着双手，顶着寒风瑟瑟行走，一副龙钟老态。谁能料到此人即将入驻大坂城，与关东大军开战？

幸村翻过府邸东面尽头的矮墙与石墙，迈着蹒跚的步子走上九度山的山路。风雪中的山路，鲜有人迹。当幸村穿过九度山，来到纪之川岸边时，树丛里蹿出个人影来。

"哦……"幸村微一回头，朝跑来的农妇说道，"阿江，你在啊……"

"不是说夜里才走？"

"事不宜迟嘛……"

"那便好。"

"和歌山的浅野家估计收到出征之命了。不过……父亲去后，关东又岂会将我左卫门佐放在眼里。"

阿江戴着草帽，用灰色布条蒙着脸。眼睛却在笑。

深邃的黑色双眸在破晓前的昏暗中熠熠生辉，一如既往。

"左卫门佐大人。"

"嗯？"

"此时，草者正送主母离开纪见峠。"

"好。"

"时机到啦。"

"不错……"

"船都备好了，这边请。"

阿江带起了路。她正跟其他草者观察九度山一带，目标自然是和歌山城下的动静。万一浅野家从和歌山派兵前来，便能在第一时间（两小时内）报知幸村。九度山府邸内的幸村因此才敢安然待着。但是，妻女都离开之后，他就不用再等下去了。

为防九度山的村人怀疑，幸村安排了相关事宜。可如今已无必要。现下，他只想快快抵达大坂。

渡过纪之川之后，幸村说道："阿江，送到这儿就行了。我自行去小屋吧。"

阿江带着两个从夜泣峠前来的草者，而负责监视和歌山城下动静的则是曾根十藏和另两位草者。

深夜，樋口角兵卫总算醒了。向井佐助的蒙汗药让他整整睡了一天一夜。佐助知道角兵卫身体健壮，所以加大了药量。

凌晨时分的雪很快就停了。正午前，风跟着停了。初冬和煦的阳光普照大地，唯独角兵卫一无所知。

他一觉醒来，只觉得屋里一片漆黑，仿佛前一夜犹未结束。

（我睡着了？）

樋口角兵卫像是刚醒的野兽一样坐起身来，猛然摇头。

"唔……唔……"

呻吟。头痛欲裂。

（怪了……）

平日里再如何豪饮，都不会头痛。

"啊……啊！"

角兵卫的嗅觉渐渐正常，登时觉得屋内弥漫着恶臭。

"啊……啊，啊……"

角兵卫从头到脚湿透了，被褥更是没半点干的。

那不是别的，正是角兵卫的尿。

"啊，混账……"他猛然一跃，扑向房间角落的大刀，将之一把抽出，继而大吼着冲向走廊，"大……大助……大助大人？"

这简直岂有此理！年逾四十的堂堂猛男，竟会在睡梦中一尿大方。真是丢人现眼。

（我岂会如此失态！）

角兵卫手忙脚乱，难以名状的愤怒充斥着五脏六腑。

"佐助？佐助！"

他怒吼着，沿着昏暗的走廊一路前行。

府邸中空无一人。没有一盏灯亮着，没有一丝火光。

"唔！"

角兵卫这才察觉他是被"撂倒"了。

"糟，糟了！"他冲向大台所的泥地，一脚踹开后门冲到房外，"混，混账……咦？"

他登时呆若木鸡。不是恐惧所致，而是惊讶。

林中晃动着无数火把，皆是朝真田府邸而来。

第拾叁话

何等无奈。想要生存，便要悍然出兵，践踏道义和情理。

是日午后，幕府的出征之命送到了纪州和歌山城主浅野长晟手中。

但马守长晟是年三十五岁。兄长幸长亡故后，长晟继承了浅野家的三十七万四千石封地。

他自幼便时常得到丰臣秀吉"好生惹人疼爱"的赞许，长大后一度被召到大坂城当丰臣秀赖的近臣。有了这份渊源，他自然牵挂丰臣家的安危，怎奈时势所迫，他无法像亡兄那般接近大坂。

纵然是其兄幸长和加藤清正这样的勇者，接触丰臣家时都要顾虑关东方面。这一点，但马守长晟是最清楚的。何况，眼前的德川幕府哪里是两三年前的样子？

幕府正是如日中天。东西双方一旦开战，当年蒙受丰臣家恩惠的大名之中，又有几个敢支持大坂？恐怕没有——包括他本人。

关原之战结束后，日本各地自暴自弃的浪人皆将大坂城视作绝佳的毙命之地。浅野长晟亦有同感。

（关东风头正劲，不需开战亦可让丰臣氏伏地臣服，何以……）

大御所家康但求有生之年见证丰臣家的灭亡，其执念昭然若揭。然而"开战"云云，总归是惹人不快。跟恩宠有加的旧主开战——不，是不得不战。家康怎就不替诸大名寻思寻思？

如此牢骚，自然说不出口，更无法说给众家臣听。祈求丰臣家存续之余，浅野家的当主长晟首先要祈求自家的安泰。浅野家不是他孤身一人，尚有成百上千的家臣和家臣们的家眷。

生逢乱世。生存，就是如此残酷。

生存便意味着战争。祖父、父亲、兄长都是从战争中生存下来，从战争中延续了浅野家的荣耀。这次的大坂一役，同样是求生存，所以长晟唯有向关东表明忠诚。

毕竟，胜负显而易见。

何等无奈。想要生存，便要悍然出兵，践踏道义和情理。

成王败寇的时代，早就成了历史。

（真想活在以前那个年代啊……）

但马守长晟常常如此暗想。

——堂堂大御所，为何不用政治手段解决丰臣家和全国各地聚来的浪人？

（换作是我，定能实现。）

摆下如此巨大的阵势，无疑要耗费庞大资金，更要牺牲无数家臣性命。这真是何等愚蠢。战国时代宣告终结，在战场度过一生的武人们几乎死绝，无怪乎浅野长晟等年轻大名的第一反应会是这样。

因此，浅野长晟的战意并不积极。

关东方面对丰臣家采取的态度，着实让长晟咂舌。

（太蛮横了……）

　　然而，他缺乏自信，不敢学父兄和清正那样接近大坂，调停大坂和关东之间的关系。不，就算有那份自信，都全无成功的可能。

　　浅野长晟自幼侍奉丰臣秀赖，对秀赖自甚亲近。他同样深知父兄对蛰居九度山的真田父子之看法。安房守昌幸生前，父兄尚会暗中监视九度山，但现下幸村只带着不到十名家臣平静度日，自甘淡薄……浅野家由此觉得不用再继续监视，几乎不再关注九度山了。

　　然而，幕府下令浅野家出征时，亦同时指示要看好九度山。幕府虽然不看重幸村，但盯住他总归没错。因此，浅野家忙着准备出征之余，另派桥本五郎左卫门率五十余名将士去了九度山。

　　樋口角兵卫醒后看见的火把，正是桥本带来的将士。

　　九度山的村民纷纷冲出家门看热闹。

　　只见角兵卫莫名狂吼，转身冲回他在大台所附近的卧房。房里有他从上田城搬来九度山时带着的铁棍。角兵卫将大刀小刀插到腰间，抓紧长逾七尺的铁棍。那是六角形的橡树木棍，嵌有铁条、铁环。

　　大台所一阵喧闹。浅野将士们见府邸黑灯瞎火，不免动了疑念。

　　将士们撞开后门。角兵卫冲出房间，不分青红皂白，用铁棍干掉了三个从泥地冲上走廊的将士。

　　"哇，哇……"

　　"啊！"

　　角兵卫不顾将士们的惨呼，朝走廊深处跑去。

　　（哼，我岂能让尔等抓住！）

　　若是被浅野兵抓住，肯定难逃罪责。这点理智，角兵卫自未失去。他跑过幸村卧房外的走廊，回到方才睡过的於利世夫人的卧房门口，一脚踹倒面朝后院的木板。

"他在这儿！"

"在这儿！在这儿呢！"

门口的火把冲着角兵卫奔来。

"唔啊……"

樋口角兵卫咆哮着跳进院子，疯狂挥舞铁棒。

火把四散，火星飞溅。浅野兵惨叫连连。

角兵卫打倒数名将士，朝前方的竹林跑去。有士兵举起长枪冲上，不料长枪竟被生生折断，一时吓得连连后退。

角兵卫跑得远了。

第拾肆话

同样是十月六日那天夜里，伴长信回到甲贺山中忍者的京都忍宿，迫小四郎伺候他用晚膳——味噌炖芜菁。

"好吃……太好吃了，小四郎。"

伴长信闻到味噌的香味，眯起眼睛。回到忍宿时，长信带着醉意。他对留守忍宿的柏原市藏耳语了几句，后者便转身离开忍宿。而下辻作兵卫一早便陪着伴长信出门去了，犹自未归。

三人中总有一人留在忍宿，害得小四郎无法去南河内百姓家探望猫田与助。

（真不知他好些没？）

自十月四日以来，他再没见到与助，简直担忧得不行了。

"啊……好吃。"

伴长信连吃三碗。

小四郎倒着热水，说道："头领，小的有事禀报。"

他总算打定了主意。

"何事？"

"实不相瞒，十几天前，猫田与助来了这里一趟……"

小四郎撒了个谎。

"来这儿？"

"是的。"

"哎呀……"长信凝视着小四郎，"他竟然活着？"

"是的。"

"然后呢？"

"恕小的冒昧……"

"没事，说吧。"

"与助称，当务之急是监视九度山的真田府邸，否则后果不堪设想……"

"哼……"

"小的觉得他不是说笑。"

不知不觉中，小四郎的话音变激动了。

"不是说笑？"

"与助称真田幸村肯定会去大坂……"

"就这事啊，"伴长信微微一笑，缓缓喝了口热水，"与助这厮，还在四处探寻真田草者的踪迹嘛……"

"是的。"

"这个呆子。"

"但是……"

"安房守昌幸死后，草者早就树倒猢狲散了。这呆子何以就不明白呢。小四郎，莫非与助撞见草者了？"

“那倒没有。”

“那他是寻到了草者的小屋？”

“这……这倒确实不是。”

“瞧瞧。”

小四郎没话说了。

“中山峠一事后，我当然想追查草者的下落，而且派人暗中监视了九度山。但是，草者根本没有联络九度山的迹象。安房守死后，左卫门佐的日子挺淡薄的。”

“这样啊……”

“左卫门佐又不是傻子。就算大坂方面主动相邀，他都不会接受。父亲都死了，他又会有何高招？哪怕去了城内，都是束手无策喽……”

小四郎默然不语。

伴长信喝着水，继续说道：“左卫门佐这种浪人啊，大坂再征召几千个都没用。面对关东的滔滔大军，他们哪有胜算。”

（不……不对……）

迫小四郎低着头，难以接受头领所言。

长信命小四郎去二楼房中铺好褥子，锁好房门，而后便去睡了。

看来，柏原市藏和下辻作兵卫晚上怕是回不来。

小四郎独自留守一楼。

（头领当真是那样想的？）

他浑无倦意。

（池胁藤左和猫田与助告诉我的甲贺山中忍者，完全不是如此。）

唉，现下的山中忍者果然只是德川幕府巨大谍报网的一小部分了。

伴长信的言行和态度都让小四郎有些担忧。

长信是不是太乐观了？

听他言下之意，九度山的真田幸村根本不值一提。

小四郎隐隐有些不安。

（头领没有亲眼瞧见山中峠那女忍者的厉害。关原之战时，她曾孤身突袭大御所大人，险些夺去大御所大人的命……唯有猫田与助亲眼见证了女草者阿江的身手。）

真田幸村就算不离开九度山，亦可以充分调动草者。

昌幸死后，关东方面的忍者不放过蛛丝马迹，却浑未查获草者的行踪。这一事实无法否认。

（就连那与助都没打听出半点……）

但是，这不意味着草者死绝。只要有草者活着，隐姓埋名，哪怕只两三人……借用猫田与助的话，便是："天知道他们会打什么鬼主意！"

小四郎吹灭油灯，钻进被褥，闭上双眼，却久久无法睡去。

（莫非头领只是嘴上说说，其实没有放松警惕？）

前任头领山中俊房对年幼时的小四郎疼爱有加，这个伴长信却是半路杀出，大家都对他一无所知。迫小四郎亦然。

第拾伍话

浅野部队抵达真田府邸时，屋里仅有个挥舞铁棍的彪形大汉。

七日一早，猫田与助借宿的南河内百姓家的老房主微一睁眼，登时坐了起来，大喊道："啊，糟了！人呢？去、去哪儿了……"

本该躺在房中的猫田与助不见了。

"老……老婆子！"

老头唤着老伴，冲出房外。

说是房外，其实整栋房子并不大。房间面积不过五坪，铺着木板，没有生火，外头则是泥地厨房，兼做房门。

老婆婆起身看了看屋外的茅房，也不见与助的踪影。

"不会拖着那身子……"

"不会吧？"

老夫妻面面相觑。

猫田与助收拾好行装，走了。他穿来的草鞋没了。

前天早晨，与助的高烧渐渐退去。

"看来那年轻人拿来的药挺管用的。"

“太好了。”

老夫妇焦急等着迫小四郎归来。

昨日傍晚，猫田与助喝了两口婆婆煮的稀粥，问道：“那人上哪儿去了？”他的意识不甚明朗，将照料他的老头误作了小四郎。

老头道明事情的来龙去脉，说道：“他明天肯定会回来的。”

与助默默点头，躺下。

是夜，老头送来汤药。与助侧身坐起道谢，老实喝下汤药，躺回被褥，口中喃喃自语。

老头忍不住凑近问道：“你说什么呢？”

“不，没什么。”

与助摇摇头，不久便沉沉睡去。

老头觉得与助似乎没大碍了，便挨着他躺下，想稍微休息休息。这一闭眼，便进了梦乡。之后，老婆婆也在铺着木板的炉边睡着了。

“烧退了，但他毕竟是大病初愈，这会儿赶路不得晕过去啊？我去找找。老婆子，你留在家里等着。”

老头冲出了门。

旭日东升。

这一天没有风，亦无降霜，几天来的寒冷被一扫而空。

此时，九度山的真田府邸里面，眼睁睁看着樋口角兵卫逃跑的浅野部队展开搜索。从九度山附近一直搜至高野山的莲华定院。

浅野家深知真田家和莲华定院的渊源。安房守真田昌幸尚是上田城主时，便时常向莲华定院捐献。九度山府邸建成前，被流放纪州的一家人曾暂住莲华定院。去了九度山之后，昌幸亦常由幸村陪同造访莲华定院，而且总会暂住几日。

浅野家派往九度山的五十余名士兵中，有四名死在樋口角兵卫的铁棍之下，另有十一名受了不同程度的伤。前半夜时，负责指挥的桥本五郎左卫门派人将此事报知了和歌山城。

夜色对搜索不利。三十几名幸存者兵分三路，四下搜寻。

"一无所获。"

桥本和三名家仆回到真田府邸，等待和歌山方面的指示，同时又派八名士兵经纪之川去搜查纪见峠一带。

然而，他估计幸村是去了大坂城。

浅野部队抵达真田府邸时，屋里仅有个挥舞铁棍的彪形大汉。

（看来，他们天黑前就逃离了。）

向九度山的村民们打听了一番，结果村民们亦无头绪。

天亮后，和歌山指示桥本五郎左卫门打道回府。

浅野家好像明白找了也是白找。

那个时候，真田幸村早就离开了纪见峠。

儿子大助、众家臣、向井佐助和三名侍女早就被草者带到了这里的草者小屋。众人这时便走小路下纪见峠，取道楠木正成昔日守城奋战的千早城址，奔向大坂。

幸村和大助父子换下了离开九度山时的百姓装束。提前送至草者小屋的行李中有合适的衣物。他们配以大小道具，打扮成赶路的武士。

这些戴罪流放之人从上田去纪州时，行囊中自然没有铠甲和军旗。幸村父子的甲胄和其余行装皆由草者打点齐全。

陪幸村一行赶路的草者总计六人，其中包括从和歌山城下撤回的曾根十藏。阿江和另两名草者则留下拆掉纪见峠的小屋，同时侦察浅野家有无派出追兵。

小屋中凡能烧的都付之一炬，能埋的则掘地三尺埋好。之后，阿江等人亦离开了纪见峠。

"你这就追上左卫门佐大人，禀报大人目前尚无追兵。"

阿江吩咐其中一个草者先去报信，她本人则带另一人顺着从南河内平野到大坂城下的街道下山。

此时，京都忍宿的伴长信睁开双眼，对小四郎说道："我还想吃昨晚的味噌炖菜。"

正当迫小四郎做菜时，下辻作兵卫回来了。

伴长信在二楼跟下辻作兵卫密谈了几句，随后下楼，由小四郎伺候着用完早膳。

"小四郎，随我出去。"

"啊？"

"让作兵卫看家就行了。你收拾一下。"

"是。"

——这是要上哪儿去啊？

小四郎从未跟伴长信同行，这时不觉有些兴奋。他一身家仆打扮，跟着头戴斗笠的伴长信离开了忍宿。只见长信踏上三条大桥，沿鸭川旁的小路去了四条，走进祇园。

（这是要去哪儿啊？）

他们从祇园南门出来又走许久，结果来到了小野阿通府邸。

"小四郎，我以后没准会派你替我来这儿传话，给我记牢了。"

"是。"

这是小四郎第一次来这座府邸。

（竟会在如此荒凉之地……）

东山之下，背靠浓密树林的风雅宅邸有着大不协调的武家风格的大门，这让小四郎觉得非常新鲜。

伴长信敲敲门，一旁的小门开了。府中的家仆出来将两人迎进。伴长信将迫小四郎介绍给了这个家仆。紧接着，门房里又走出两个仆人，向长信和小四郎打了招呼。

（这到底是何方神圣的府邸？）

小四郎不禁好奇。

"小四郎。回去吧。"

正寻思间，只见伴长信踏上竹林中的石板路，朝大门走去。

小四郎一出门便开始惦念猫田与助。

（要不要劝头领去那百姓家看看情况？）

然而，他立刻明白那根本无望。

第拾陆话

草丛中，柊树绽放着白花。明亮的日光洒向远方的街道。

凭迫小四郎的脚力，要去南河内的百姓家确认猫田与助的情况，日落前回到京都自然不成问题，无奈京都忍宿里有个下辻作兵卫。伴长信带小四郎离开忍宿时，没准会告诉他说小四郎去去就回。

这极有可能。更何况长信日落之前大概就会回到忍宿……如此一来，便无法去南河内了。

（没办法，就放弃与助吧。）

小四郎唯有折回忍宿。

百姓家的老头没寻到猫田与助，只得回家说道："哪都没有啊。老婆子，他回来没？"

"没呀。"

"怪了……"

"真是个怪和尚。"

"嗯……"

"会不会一脚踩空，掉进沼泽了？"

"啊！有可能啊！"

"真掉进去，尸首都浮不起来啊……"

南河内地区满是大小不一的沼泽池塘，常有农户的孩子和走夜路的老人淹死。

但是，猫田与助兀自活着。太阳没升起时，与助趁一旁的老头熟睡，打扮成化缘僧人的模样，溜了出去。老头出门找人时，他早已走远。

与助放弃了迫小四郎。与助昏迷不醒时，小四郎折回京都忍宿，带回甲贺的汤药，又回到京都。这一去，就再没回来。

（他大概是觉得我熬不下去了，要不然就是觉得帮我这把老骨头办事太过愚蠢……）

与助倒不愤怒，只是放弃了迫小四郎。他唯一放弃不了的，就只有追杀阿江一事。他本想等体力恢复再行打算，但他无法再等，果断溜出了百姓家。他不想浪费一分一秒。

他坚信真田幸村会去大坂城。这意味着草者将去纪州助幸村脱身。

猫田与助来到南河内百姓家以南两里之地。这里有个巨大的沼泽，沼泽东面的街道正是去纪见峠的。街道、沼泽之间，是延绵的山地。

离纪见峠不足四里了。沼泽畔的红松林中，与助调整着呼吸。他全力急行至此，年近八旬的躯体疲惫不堪，险些散架。

红松树梢上，日雀与小雀唧唧喳喳。晴空万里，阳光和煦。

猫田与助枕着枯草，仰面朝天，闭目养神，脸色犹如死人，然而凑近一看，便会察觉这位老人正拼命稳定呼吸。此时，真田幸村一行人刚刚行经这片红松林的东面。他们走的是金胎寺山另一头的山路。

两个行路僧人从南河内方向走来，沿沼泽另一头的街道朝纪见峠走去。怕是去高野山的吧。与助依然躺着，不知道这两人的出现。

不知过了多久，与助险些梦会周公。

"糟……糟了……"

他赶忙睁开眼睛坐起，捡起拐杖，用双手抓牢。

"唔……唔……"

他呻吟着站起身。一步，两步。脚踏在枯草与泥地上，竟无触感。与助两眼深陷，目中失去光泽，骨瘦如柴的躯体，仿佛悬空般轻盈，只是喃喃说道："这……这些路……算什么……"

与助拄着拐杖，颤颤悠悠。溜出百姓家，一路急行至此，腿脚尚算健朗，他甚至一度庆幸这身子不碍事了。哪知先告急的不是腿脚，而是呼吸。他只得躺在泽畔歇息片刻。现下虽能站起，腿脚又不听使唤了。

一出松林，猫田与助便被石块绊倒。

"哎呀……"

拐杖掉了。他挥舞着双手倒下。

"混账……混账……"

与助诅咒着软绵绵的四肢，怒火中烧，甚至忘却了掉落的拐杖，就这样双手撑地，匍匐着朝街道而去。

一片落叶随风飞上与助的白发。

草丛中，柊树绽放着白花。明亮的日光洒向远方的街道。

"唔……唔……"

街道近在咫尺，与助却只得扑倒在杉树的树荫之中。

"拐杖……忘拿拐杖了……"

与助撑起半个身子，忽然听见有个女人正说着话！

第拾柒话

阿江和草者堂原又八离开了纪见峠。猫田与助听见的，正是阿江之言。浅野家未派追兵，先行的真田幸村一行和殿后的两人均平安来到南河内。四周不见人影，阿江不免松了戒心。

她摘下草帽，擦去脸上的汗水，对堂原又八说道：“不错，顺利。”

“是啊，很顺利。”

“拿水来……”

“是。”

又八抽出腰间的竹筒，递给阿江。阿江左手草帽，右手水壶，大口大口喝着清水。

（啊！）

杉树树荫后的猫田与助听见了女人说话。而且，他分明看见了阿江的侧脸。

（是阿江……）

他险些喊了出来。

只见阿江将水壶丢给又八，说道："走吧。"

她说完便飒爽转身，迈开步子。那绝非常人的步速。阿江和又八都是忍者。与助眼看着两人渐行渐远。

（找……找到了……阿江！）

——这哪是找拐杖的时候！

（混账……）

怎奈他再无体力和时日跟踪阿江，揪出草者小屋的位置了。

（我没几天活了……）

这点道理，与助自是懂的。

（唔……混账……阿江……）

与助跟跟跄跄走上街道，从僧侣的破袈裟下抽出短刀。这是他身上唯一的兵刃。他甚至都没带手里剑。

他将浑身力量凝聚于短刀之上，只盼望跟阿江对刺而死。

街道左侧的山势延绵不绝，越发低沉。右方则是沼泽。山脚下的街道蜿蜒曲折，阿江和又八早就没了影子。树木间斑驳的日光将沼泽表面照得闪闪发光。

（站住，阿江……受……受我猫田与助一刀！）

三十余年的深仇大恨，不容他错失良机。

——机不可失，失不再来！

与助怒目圆睁，张开大嘴喘息，嘴里牙齿零落。他挥舞着短刀，奋力追击。然而，这"追击"实是步履蹒跚，速度不及幼儿。

待得与助转弯，前方的人影早都没了。

从左侧山路下山的年轻百姓踏上街道，一见与助的样子，登时惊呼着折了回去。百姓眼中的与助不啻是手持短刀的厉鬼。

"站……站住……"

与助总算喊出声来。但这喊声如此微弱，阿江和又八又哪里听得见呢？他们早就到了南河内的平原。

"阿江……阿江……站住！"

猫田与助在街道右侧一个趔趄。他没想到会深陷沼泽，仍紧紧抓着刀柄，挥舞右拳，用尽浑身力气前冲。

前方是个草堆，草堆后方则是沼泽。然而，与助分不清沼泽和街道的区别了。他一脚踩上草丛，突然不慎滑倒。

猫田与助就这样从街上消失了，一切都无人知晓。

那年轻百姓顺着山路一路狂奔，浑身是汗。

"啊……啊……啊……"

深陷沼泽的与助挥舞着骨瘦如柴的双臂，张着嘴奋力挣扎。

一切皆是转瞬之间。

想不到这沼泽竟是如此之深。灰色的沼泽吞噬了与助的身躯。与助沉下的地方冒出几个泡泡，身体很快便没影了。沼泽重返平静。一条白狗顺着街道跑来，看到与助掉落的短刀，停下来反复嗅着。

伯劳鸟刺耳的叫声传来。白狗丢下短刀，扬长而去。

南河内百姓家的老婆婆收拾完早餐碗筷，从厨房回到屋里，只见老头正一脸愁容，默然坐在炕上。

"怎么了？"老婆婆问道，"怎么苦着个脸啊？"

老头没有说话。

"别想那和尚了。"

"唉……"

"还担心哪？"

"嗯。"

“失足掉进沼泽了？”

“唔……”

“那年轻人回来了，该如何是好？”

“是啊……”

“他总会回来的。不是今天，就是明天。那年轻人挺实诚的……”

“老婆子，真是愁死人了……”

“咱们没辙啊，又不是咱们赶他走的。”

“话虽如此……”

“老头子，振作些。别苦着个脸，我看着都难受。”

“老婆子啊……”老头忽然抬头，“你给那和尚接过尿吗？”

“怎……怎么了？”

“嗯……”

“那不都是你的活儿？”

“是啊。”

“接尿怎么了？”

“唉……”

老头环视四周。老婆婆一脸惊讶，拍了拍丈夫的肩。

“别胡说八道，清醒些呀。”

“唉……”

“嗯？”

“没那个……那和尚发烧昏迷，压根不知道我给他擦过身子……”

“没有什么呀？你倒是说清楚些……”

“就是那个啊……”老头指指下身，“没有这个。”

老婆婆忍不住笑了。

“我可没胡说。”

"明明就是胡说。"

"没胡说！真没有啊。就像被切了一样……"

老婆婆一惊。

"我说的是真的！"

"啊……"

老夫妇面面相觑，半晌说不出话。

须臾，老头说道："那年轻人回来了也别说啊，明白没？"

"但是，老头子，他怎么就没有呢？"

"不知道啊，兴许是和尚求佛时要那样做吧……"

"太愚蠢了。"

"是吧……"

"谁知道呢。"

老婆婆说着便欲离去。

这时，老头说道："老婆子，再去找找吧？"

"那你歇着，我去找。"

"要不一块儿去？"

结果，老夫妻结伴出门。他们到附近的沼泽和池塘寻了许久，直至太阳落山。他们哪会想到，那病弱的身躯竟能急行两里路。

"那年轻人是不是回大坂了？"

"没错，没错。"

"那和尚不会跟着回大坂去了吧？"

"有可能。"

"老婆子，我累坏了，回家开饭吧。"

"好吧。"

是夜，猫田与助的遗体犹未浮上，怕是被泽里的树枝钩住了吧。

第拾捌话

家康审时度势，密切关注敌我双方的动向，反复思量。

十月七日一早，猫田与助溺毙泽中。当时，骏府城内的德川家康正忙着准备出征。

是日清晨，京极高知（丹后国宫津城主）、京极高次（若狭国小浜城主）、森忠政（美作国津山城主）、田中吉政（筑后国柳川城主）等暂住骏府城下的大名们悉数登城。家康安排他们回到各自的封地。

片桐且元离开大坂之后，设有大坂府邸的关东方面的大名和武将纷纷撤离大坂。每次撤离，家康皆会接到汇报。

家康命福岛正则留守江户城，用江户府邸困住了他。

正则命其大坂府邸的众家臣退守摄津茨木——片桐且元的封地。是日，正则的使者小岛圣兵卫和梅津忠介来到骏府城，将此事禀报家康。

"做得好！"

德川家康兴高采烈，赐予二人应时衣物与外褂。

家康将数张大坂、京都地图摆到眼前，不断给出指示。

期间，江户的将军秀忠和诸大名的使者纷纷冲进城门，家康的使者则不断冲出城门。

骏府城里里外外早就充满了战意。

是日下午，松平家信（三河国形原城主）、三宅康贞（三河国拳母城主）被家康召至城中。这两人之前曾被家康吩咐待命，故无法回到封地，亦无法准备出征。这次，家康明确命他们留守骏府。这两人渴望上阵立功，闻言自然很是不满，但家康若无其事。

当夜，挂川威光寺的慈海和尚求见家康。家康本要就寝，却立刻接见了慈海。

"老衲明日将前往上方。"

慈海称他要先去京都，到迫小四郎看守的忍宿落脚，再将四面八方的情报沿东海道加急送给家康。

关东谍报网的命脉将随大御所家康的上洛而挪至京都。

两者的密谈长达二刻——四小时。照理说，家康是不会接见忍者头领的，譬如甲贺头领伴长信。但是，慈海和尚不是忍者。他年轻时曾侍奉德川家康，二十余年前剃度出家，家康帮他开创了远州挂川的威光寺。此事前文有述。

德川家的老臣中自然有人评价慈海，称他若不出家，只怕早就是几万石的大名了，怎奈此人不图名利，结果搞成了现下这个样子。

纵然是家康身畔的本多正纯，都不敢怠慢了慈海和尚。须知，本多家自其父正信便受到家康看重，几乎参与了所有机密事项。

自太阁秀吉晚年至关原一役前后，慈海的暗中活动委实具有奇效。

慈海离去后，家康回到卧房，一宿难眠。此生"最后一役"大坂攻略近在眼前。他不是兴奋，却不免……

（那事可有疏漏？此事当早早通达……不，不，此事不宜操之过急，不如观望片刻较好。）

家康审时度势，密切关注敌我双方的动向，反复思量。

关原之战缺乏充裕的准备时间，但这次不一样了。然而，德川家康虽有全盘胜算，却总是惦念各项指挥是否都万无一失。

翌日（八日）一早，天未大亮，家康便早早唤来侍臣，不断指示。

他命伊势国津地区的城主藤堂高虎率先挺进大和，又安排了几个大名攻打大坂城的正面。

当天正午，将军秀忠的使者土井利胜从江户来到骏府。利胜是下总国佐仓城主，有封地三万三千石，是将军的近臣之一。此人日后会荣膺幕府的大老，手握重权。

德川家康和土井利胜密谈了许久。出征之日临近，将军秀忠派土井利胜前来和父亲大御所进行最后的磋商，顺便商讨福岛正则和其手下需要出征的福岛部队之部署。

谈到从沼田出征的伊豆守真田信之，将军秀忠的意思是让他留守江户城，命其子随军出征。

家康的答复是，就照将军说的办。秀忠是他的儿子，更是现任的幕府将军。战事的总指挥固然非家康莫属，但家康总得顾及将军的面子。

是日，家康刚用完午膳便自称有些累了，早早回到卧房。

同日深夜，上州沼田城内的向井佐平次不堪妻子茂枝追问，说出了想去投奔真田幸村的打算。翌日（九日）凌晨，经由妻子帮助，佐平次顺利从沼田脱身。

当时，德川家康尚未睡醒。

第拾玖话

"货车……"家康默然片刻，肥唇中忽吐出悔恨之意，"这小子……"

庆长十九年十月十一日，德川家康率五百余名将士离开骏府。

当时的十月十一日，就是现下的十一月十二日。

家康的十子德川赖宣早就动身了。赖宣以十三岁的幼龄，坐拥骏府、远江和三河地区，总封地五十万石。这是他人生中的首次出阵。

家康将十一子赖房（十二岁）留在骏府城中。

日后，大御所家康率领的主力部队将达一万数千人之盛，但他离开骏府时只是身着鹰猎装束，带着五百余人。他故作优哉游哉之姿，一路打猎享乐，日落前抵达田中地区——藤枝市。骏府至田中只有四里路，却花了六小时以上，可见他确实充分享受了打猎的乐趣。

"大御所出动"的呐喊响彻云霄。

大御所一动，诸大名便唯有加快进度。而大坂方面得知家康出动，就只好缩短出击距离。

后话姑且按下不表。我们先来讲一个野史如何？

那是真田昌幸病故之前的事。

某晚，昌幸对幸村说道："东西一旦开战，切莫畏惧家康。你我父子当火速出兵，先攻下伊势国桑名地区，以阻拦关东部队。"

如此一来，大坂方面便有了继续完善军备的余裕，继而后发制人。

"倘若桑名难以守住，我们便撤至近江国濑田地区，烧毁濑田桥，使敌军暂时无法前进。而且，我们大可利用这个机会，吓家康一个措手不及，这简直易如反掌。"

昌幸对他的干扰作战计划胸有成竹。来势汹汹的关东部队若刚到伊势、近江便被钉住，双方的情势便会难以预测。

"不管大坂城如何宏伟，守城总归是兵家大忌。这跟我们固守上田城时的情况完全不同。"

背景亦大不同。东西开战，是要争夺天下。大坂城一旦被围，便只得采取守势，动弹不得。一出城便被围攻。但若抢先出手，早早动兵，利用四周的有利地形将来敌各个击破，对日后的战事无疑有积极影响。

只要控制了近江和伊势，便可以双向夹击伏见，甚至一举接管京都——京都里面，有对丰臣家抱有好感的天皇。

有人称真田昌幸曾有如此一番部署，其真假无从印证。但是，这确实很像昌幸的战略风格，而且不是纸上谈兵。昔日他死守上田城时，便一度猝然杀出，打得德川军甚是狼狈。

总之，德川家康最畏惧的便是大坂方面果敢出击。

家康公开宣布征讨大坂，只是十天前的事情。如此想来，此番出征跟关原之战大不相同。家康早就算准了这一役，而且准备妥当；但关东方面的诸大名则是接获出征命令之后才开始准备。

大坂方面急着备战，而家康亦坚信兵贵神速。

十二日，德川家康离开田中，一路运筹帷幄，派使者奔赴各地。尚未离开江户的将军秀忠派使者紧紧跟着家康。

不知家康是否早就想好了开战时会用上东海道，反正他确实抓紧整备了这条大路，沿途新设了好些驿站，交通极其便捷。

家康抵达田中时，京都所司代板仓胜重的使者抵达，报称大坂方面似乎有意守城，大肆囤积粮草弹药之余，更日夜加固墙垣，搭建箭楼。

田中至挂川只有六里二十丁路。

家康依旧慢条斯理。次日——十三日，家康下榻远州中泉。当晚，他接到真田幸村进了大坂城的消息。这同样是板仓胜重派人来汇报的。

关东方面的忍者们陆续混进了大坂城。

实际上，大坂城下十几年来一直住有无数乔装商人、工匠的谍报人员。不消说，他们的家就是忍宿。这些忍宿就像迫小四郎看守的忍宿一样，一直跟伴太郎左卫门长信和板仓胜重保持联系，互通消息。

家康抵达京都之后，将直接指挥慈海和尚。

大坂城下潜伏的关东忍者亲眼目睹浪人们接连进城。其中不乏长宗我部盛亲这种关原一役的败军之将，亦包括真田幸村。

忍者们的报告称左卫门佐真田幸村身着便服，率六十余骑进城。

幸村离开九度山时，身边仅有不足十名家臣，短短几天内竟增加到了六十余人。草者早就引导昌幸的旧臣来到大坂附近，静待幸村前来。以后肯定会再有旧将来投，其人数想来当足以构成一支小型部队。

真田幸村进城时，没有带着妻子於利世和女儿阿梅、栗子。侍女们亦是不见人影。看来他是早有准备，让草者将妻女送到了别的地方。

德川家康屏息凝听京都所司代之使者渡边七兵卫的汇报。靠着凭肘几的家康双目微眯，缓缓点头。听闻幸村不仅有六十余名家臣跟随，而且带了十辆货车，家康不觉瞪大双眼，询问车上装了何物。

"难以查明。"

"好吧……"

此事没有让家康惊讶。纪州浅野家早就禀报了"幸村逃脱"之事。浅野家使者惊恐万分，家康却只微微一笑，没有怪罪，亦无怒火。

他大概是想，区区浪人，竟一直没学得乖些……

谁知这个浪人幸村却带去了十辆货车。浅野家的使者称幸村是空手逃出九度山的，没携带刀枪，也没有运走家当。结果，竟凭空出现了十辆货车。这其中到底有何玄虚？

三四年前，慈海和尚曾向家康报称有两个真田草者屡屡活动，但此后再无草者的动向，家康便再未将草者当回事。

家康怕的不是幸村，而是辞世的幸村之父——安房守昌幸。

"货车……"家康默然片刻，肥唇中忽吐出悔恨之意，"这小子……"

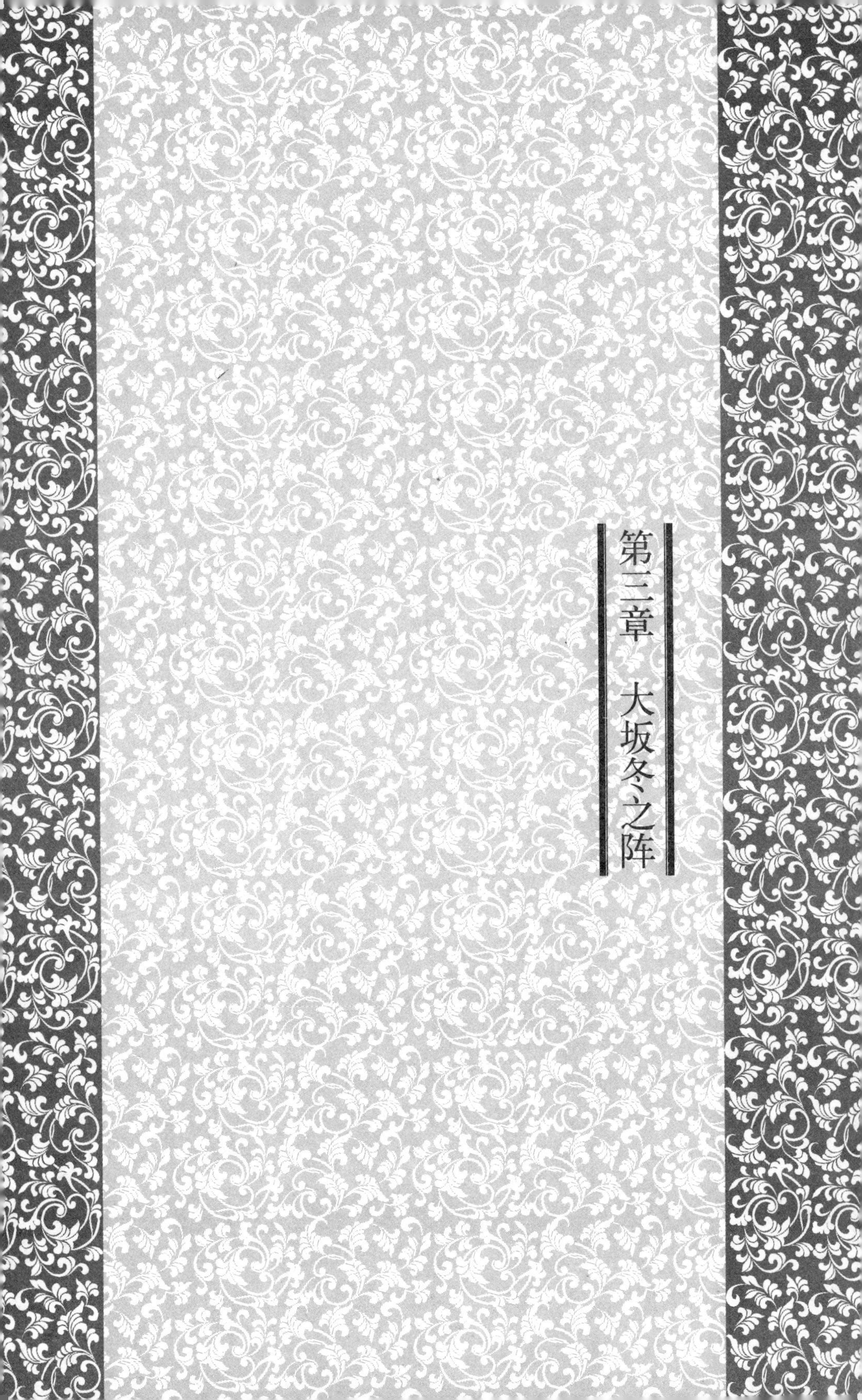

第二章　大坂冬之阵

第壹话

　　大坂城的历史，要追溯到明应五年（1496 年）本愿寺第八任法主①莲如上人创建的石山本愿寺（石山御坊）——日后的净土真宗总寺。

　　该寺院素有"摄津国第一名城"之誉。

　　室町幕府末期，日本举国混战，各地寺院因要延续宗派，不得不屯兵筑城。石山本愿寺亦然。

　　织田信长穷十一年时光，才将之攻下。当时的本愿寺，赫然是足以和战国大名分庭抗礼的一大势力，却毕竟难敌信长。

　　织田信长曾对当时的家臣丰臣秀吉表示想将大本营挪到石山地区。

　　——不，是一定要搬到石山！

　　信长之佑笔（秘书）和泉守太田牛一著有《信长公记》，内容正是其主公的一生。

---

① 佛法之主、说法之主，佛教宗派的最高指导者。

"大坂诚然是日本第一宝地。离天皇之京都、奈良甚近，且能从淀、鸟羽走水路抵达，极其便利，无可比拟。"

而且，大坂城西北部有一条大河——淀川，东侧则是河内川和平野川。淀川和大和川的交点则是鸭野口。这些河川，无疑便是上天赐予大坂城的护城河。

再说其西侧——

"沧海漫漫。日本各地姑且不说。唐土（中国）、高丽（朝鲜）、南蛮（东南亚）船只皆由大坂进出，五畿七道至此交汇，行商之利润尽收大坂囊中。"

织田信长手握天下，自然有意将大本营从近江的安土挪到大坂。然而，他攻下石山本愿寺不足两年，便因本能寺之变而一命呜呼。他所幻想的大坂城，将由秀吉实现。

被烧毁的石山本愿寺的构造，这里就不赘述了。只说织田信长死去的第二年，丰臣秀吉开始大举营建大坂城，而且几番扩建。

换言之，大坂城实是丰臣秀吉十五年的心血结晶。

秀吉当上天下人时，日本各大矿山的黄金产量激增，使得秀吉全不吝啬金银，建起了这豪华绚烂的巨城。

确实堪当"古今无双"四字。

本丸中的天守阁有五层八阶（一说九阶）之壮。本丸、二丸、三丸的城郭，有着人称"总构"的宽阔壁垒，长达三里有余。总构中设有丰臣家别邸、各大名府邸、神社、佛阁，另有工商业者等平民的住所，犹如城中之城。

左卫门佐真田幸村进了大坂城之后，便去总构南侧城郊设立了一个名曰"真田丸"的出丸——附属本城的砦。

从真田丸遥望大坂城天守阁，那天守只有黄豆般大。真田丸和大坂城本丸的天守阁相距一里半。

东西双方就要动兵，总构里不宜再出现普通百姓。然而，颇有一些人稳如泰山，觉得离开战尚早。浪人蜂拥而至，商人们则瞅准商机。

关原一役之后，浪人的数量持续上升。因关原之战支持西军而遭灭门的大名，赫然有九十之众。战后更有三十六位大名被幕府责罚，要不然就是因后继无人而断了香火。这些人的封地，共计一千万石。

假设一百石和三名武士相当，一千万石便意味着三十万武士流离失所！哪怕扣去投靠别家、回乡务农之辈，尚有十几万浪人颠沛流离。

从这些浪人眼中看来，此役不啻是他们唯一的翻盘机会。

丰臣秀赖曾向真田幸村允诺，一旦取胜，便赐下五十万石封地，另有金币两百枚、银三十贯的军费。其余无名浪人亦各有报酬。

丰臣家要支付近十万浪人的报酬，金银不免见底，只得将数千枚铜币倒进纵向劈开的升，铸造临时货币来支付浪人。包括丰臣秀吉生前最自豪的黄金茶室，都被用来制造了金币。

而关东方面又如何呢？他们把用来犒赏将士的金银装到两百几十匹马上，沿着东海道西上，每匹都驮着价值四十贯的东西。

结果，强留大坂城总构里面的商人，尤其是做武装、武器生意的商人，发了好大一笔的战争财。

开战前，大坂城内集结的将士达十二万之盛。而本丸御殿内尚有万名女中。这真是不得了的数字。城中众人的生活全靠这万名女中维持。

由此不难想见丰臣家的财力是何等雄厚。德川家康曾假借各种名目消减丰臣家的金银财宝，哪知剩下来的仍足以令人咋舌。

第贰话

十月二十三日，一路打猎的德川家康抵达京都二条城。

一路上，他不断指示各地大名。

关原一役帮家康奋勇杀敌的福岛正则、黑田长政、加藤嘉明等曾蒙受丰臣家大恩之人，皆被留在江户，一如人质——以防万一。

而东北地方的诸大名则是齐聚江户，准备陪将军秀忠上洛。其中就包括沼田的真田信之。德川秀忠正忙着准备出征。关原一役，他被信州上田的真田父子拦住去路，竟然缺席战阵，被父亲家康狠狠收拾。往事历历，如在目前。这一次，秀忠但求早日抵达家康身边。他几次派使者劝父亲一定要等他到了再真正动兵。

家康抵达二条城那天，将军秀忠才离开江户。

三日前，伊豆守真田信之奉命留守江户。信之搬到江户外樱田地区的真田府邸，他的两个儿子信吉、信政则率七百将士出征。

将军秀忠的大军浩浩荡荡。史称，从江户到京都绵延一百二十余里的东海道，竟然被大军占满。

再说德川家康到了二条城之后，片桐且元便带着儿子出云守孝利前来求见，仿佛早就等着家康出现。

"准。"家康无暇卸下旅途装束，立刻接见了片桐父子，笑道，"辛苦二位了。"

"不敢当。"

"大坂的那些人呀，真是不讲道理。"

"是啊，简直岂有此理……"

片桐且元听了家康的话，登时放松了些。回想当日从骏府回到大坂之时，身家性命竟被某些家臣盯上，一时怒火中烧。

"实不相瞒……"他不禁道出大坂城内当时的混乱之景，又说了离开大坂城的始末，叹道，"这些事当真让人无奈。"

片桐父子热泪盈眶。

十几年来，家康一直操控、利用着片桐且元。

"唉……唉……"

家康探出身子，一副感同身受的模样。且元说着说着，不觉开始痛斥右府大人（丰臣秀赖）周围的侍臣们可恨该杀。

家康亦带着怒火，附和道："说得是呢。"

丰臣家的老臣片桐且元是个善良人。他一直设法协调关东和大坂的关系，苦苦寻求解决难题的办法，饱尝辛酸。哪知大坂的那些人竟将他当成叛徒，甚至要取他性命。

是可忍，孰不可忍。且元打定了主意。

"反正都这样了……索性真去投靠关东吧。"

倘若抛开俗世，甘当浪人就罢了，但他要想想片桐家的存续。所以，他唯有选择这一条路。

家康命人给片桐父子准备晚膳之后，便泡了个澡，换了身衣服。

他吃着开水泡饭，命人喊来了和泉守藤堂高虎。

藤堂高虎早就部署好了手下的部队，只待家康抵达。此人甚得太阁秀吉喜欢。秀吉死后，他自知日后将是德川氏的天下，立刻投向家康怀抱。关原之战前后，他向家康通报了大坂方面的大量情况。

藤堂高虎来到二条城之后，家康命他跟片桐且元去书院待命。

是夜，德川家康面前摆着大坂城的巨幅地图。

"凑近些。"

家康命二人来到地图前方，开口便问护城河的深浅。

密谈一直持续到翌日凌晨。藤堂高虎暂且不论，此前常住大坂城二丸府邸的片桐且元自然拥有准确信息。

德川家康不擅长攻城。擅长攻城之人，首推秀吉。家康喜欢野战。

然而，家康就要挑战太阁秀吉留下的"天下无双"的大坂城了！

家康一路打猎，看似优哉，实不乐观。

家康听着高虎和且元的说明，不住默默盘算。他曾经下榻大坂城，对城内的情况略知一二，不料听完且元的解说才明白不了解的事情直如山高。

片桐且元称城内有足以支撑一年的粮草，而且大坂方一直坚持屯粮。倘若围攻一年却未攻下，情势搞不好便会逆转……

所以，问题的关键就是城内的浪人军团将会如何迎战。

"东拼西凑的杂牌军，又会有何建树？"

不乏嗤之以鼻之人。但是，浪人们肯定会拼命的。大坂方一旦取胜，这些浪人便会扬名立万。丰臣家若从德川家手中夺回天下，他们便可以抬头挺胸，堂堂做人。

　　且元和高虎告退之后，家康兀自望着大坂城的地图，纹丝不动。

　　见七十有三的大御所迟迟不去歇息，众家臣不免担忧，无奈家康殊无睡意。正是这时，将军秀忠的使者青山善四郎到了。他是秀忠离开江户前派出的使者。家康立刻接见了青山。

　　听完青山的禀报，家康说道："告诉将军，该出手了。"

　　青山离开江户时，秀忠尚未明确出征的日子。

　　"遵命。"

　　青山善四郎慌忙退下，惊恐万分。他眼前犹自浮现着秀忠迟来关原时的窘状。所以，一定要快点将家康的话告诉秀忠。

　　青山立刻动身。其实，他无须亲自去东海道狂奔。东海道早就布好了无数的驿站、信使。信使昼夜兼程，可在驿站间往复传令。

　　青山善四郎将大御所家康的命令拟成书状，以便传信。他打算努力多赶些路，再交给等候在驿站的信使。

　　青山跃上马背，猛踹马腹一脚，冲出二条城。

　　家康的"出手"只是随口一言，青山听来却大有"勿忘关原之耻"的警醒意味。青山善四郎虽是将军近臣，这时却被吓得手足无措，草拟的信中不免流露出惊恐不安。

　　这封信不久便经东海道抵达德川秀忠手中。

　　"唔……"

　　秀忠揽信，登时面无血色，重读两三遍后，更是两眼充血。

　　他亦有受到家康训斥之感。

　　青山善四郎离开二条城后，家康折好地图，拿着地图站起，命令侍臣道："来人啊。传早膳。用完膳可得睡会儿。"

　　家康难掩疲态。

第叁话

顺东海道西上的东军先锋计有三人，分别是：伊达政宗——奥州国仙台城主，六十一万五千石；上杉景胜——出羽国米泽城主，三十万石；佐竹义宣——出羽国秋田城主，二十万五千石。其中，上杉、佐竹二人关原之战时曾支持西军。

尤其是上杉景胜，此人曾跟石田三成合谋打倒德川家康。他本是会津若松的城主，封地高达一百二十万石，关原一役后被狠狠减至旧有的四分之一，而且搬到了米泽地区。

同样，佐竹义宣的封地从常陆国水户地区挪到了出羽国，从五十四万五千八百石减至二十万五千石。

这一次，三人皆将以东军先锋的身份出征，均不敢有半分松懈。他们要借这次的战役向德川家表明忠诚。

之后的第一军团由酒井家次率十二名将官组成。第二军团由本多忠朝（本多忠胜次子）率八名将官组成，其中就包括真田信吉、信政两兄弟的部队。接下来是第三军团、第四军团、第五军团……

然后才是将军秀忠率领的两万主力。秀忠后方，是由安藤重信和本多正信牵头的押后部队。

德川秀忠接到青山善四郎的汇报——

"快！快啊！"他高喊道，"能跟上的统统有赏！落后的就不管了！"

后来，这句话备受父亲家康的诟病。

——全无大将之风。

将军冲了出去，跟班的书院番番士、骑马侍从、近习、奥小姓……两百四十人立刻策马扬鞭，紧紧跟上。

"跟上！"

"坚决不拖将军大人的后腿！"

不是所有人都有马骑。全副武装，又要徒步行军，需有无穷的体力和强健的脚力。所有将士都拼了命。

秀忠眼看着就要追上先锋伊达政宗的部队了。

"出大事了！"

"将军大人冲上来了！"

"啊？"

先锋部队竟然被将军追上，那该如何是好？伊达家不明所以，唯有日夜兼程。然而，军中有装满武器、粮草的大小箱子，更有一大批将士徒步行军。

强行赶路搞得先锋部队疲惫不堪。

一路跟随将军秀忠的家臣只有三十余名。两百四十人活生生变成三十余人……可见秀忠的拼命劲，更可见关原之战的失败是何等刻骨。

勤恳诚实的将军竟弄得如此狼狈，此事大不寻常。众将士、家臣均甚惊愕。由此不难想见秀忠对真田昌幸、幸村父子之恨。

家康从使者口中听闻秀忠疯狂赶路的模样，立刻派人前去训斥。

"告诉将军，切莫有愚蠢之举。如此做法只会徒增疲惫！将军大人竟然如此胡来！"

将军秀忠又挨了一顿骂，总算放慢速度，却兀自坐立不安。

德川家康抵达二条城之后，不断调兵遣将，安排部署。

向井佐平次离开上州沼田，沿中山道的木曾路奔向大坂。

踏进木曾路之前，佐平次的动作不算很快，甚至曾离开大道。

从此前的经验看，东西两军各就各位尚需时日。

那他是绕去哪里了呢？

这就要说回三十二年前的天正十年了。

那一年的春天，向井佐平次十九岁，只是武田家的一个足轻。他身着桶侧二枚铠甲，头戴铁盔，手持长枪，跟三百余名同伴联袂防守信浓国高远城。

当时，武田家总帅武田胜赖之弟仁科盛信率三千将士死守高远，独自对抗足有其十倍兵力的织田信长大军。

落城。

负伤的佐平次被阿江和故去的壶谷右五郎所救。经由阿江照料，他取道信州山林，来到了真田家。

现下，佐平次正顺着当年的足迹，奔向大坂。

向井佐平次现年五十有一，头发日渐稀薄，两鬓渐斑，万幸腿脚尚好，虽然略显瘦弱，却从无病痛之苦。

佐平次背着妻子茂枝打点的行装，着轻衫袴，仅腰间别有短刀一把。

（有多少年没见到左卫门佐大人了？）

回思往事，百感交集。

（会不会见到阿江呀？肯定会的！）

奇怪的是，他竟然不太想念亲生儿子佐助。他跟佐助共同生活的时间，屈指可数。父子二人便是如此无缘。

（但是……孩子到底是我生的呀……要不然就是我这个当父亲的太冷酷无情？佐助……该有三十好几了吧？）

他当然知道佐助的年龄，却又觉得那犹如大梦，实难接受。

关原一役之后，佐助随真田父子去了纪州九度山。当时的他，只是个十六岁的少年。此后，佐平次再没见到儿子一面。

佐平次背上的行装里面，有妻子茂枝缝制的两套贴身衣物。

"别忘了交给佐助哦。"

想到要跟佐助重逢，向井佐平次竟然有些羞赧，而非喜悦。

脱离沼田一事，佐平次全无迟疑。自听到"开战"二字，他便暗想左卫门佐大人肯定会去大坂，所以他要跟去。这一切理所当然。倒不是说他跟真田幸村的感情比亲情更甚，而是他早就想到了这一天会来。

长年侍奉幸村的日子包裹着佐平次，无比沉重。

第肆话

苟活百年又如何？唯有跟幸村共度的光阴，才是他"活"的证明。

我们让故事倒退几日——

离开沼田后，向井佐平次翻山越岭，来到了昔日的上田城下，接着又去了别所的温泉。

夫神岳、女神岳脚下的别所温泉，正是佐平次初遇真田幸村之地。

别所共有三处温泉，佐平次选择了其中之一。

夕阳西下。装有木板屋顶的澡堂，跟三十二年前如出一辙。

来这里的基本都是附近农民和僧侣。然而，佐平次进澡堂时，里头空无一人。

澡堂没有门，纵是天降大雪的冬日亦然。

无论是谁，无论来自何方，皆可享用温泉。

佐平次脱下衣物，将身子埋进温泉。寒冷的夜风将落叶吹进了没有门的温泉。

（三十几年了……不可思议。时间的流逝，真是不可思议！）

水雾的彼端，仿佛会重现左卫门佐真田幸村那欢快的话音。

不，当时的幸村尚无"左卫门佐"这一官职，只是年方十六的"源二郎信繁"罢了。

青年的话语盘旋脑中，挥之不去。

幸村独自驰马来到别所温泉，笑道："我啊，只身一人放马狂奔时，感觉风从身体穿膛而过似的。"

这句话尚未让佐平次惊讶，哪知幸村接着说道："那风穿膛而过，感觉我的心、肠子和肝都随风一起从体内飞到外面去了，实在太刺激、太舒服了。"

佐平次不禁瞪大双目，无言以对。这不像是比他小三岁的少年所言。他从未听别人这般形容。

内脏随风而去、飞出体外的感觉……

——哪里像个少年？

而且，那少年竟然说那感觉太刺激、太舒服了。

"唉……"

浴池中的佐平次喟然一叹。昔日的青春少年，赫然四十有八。

翌日，源二郎信繁带着佐平次来到真田庄。

"我真田家的祖上……"他扼要介绍了真田家的历史，"因为你要一直追随我，直到我死去那天，所以我才将我的家事如此这般讲给你听。"

幸村清透见底的双眸凝视着佐平次。

（该跟随这位少主走到哪一段呢？）

佐平次无从得知。

从别所到真田庄的路上，幸村命佐平次上马。

"抓紧我的腰。"

突然，他又一本正经道：“我觉得你我有一天会一起死去啊。”

佐平次一怔，不知该如何回答。

当时的惊讶和惶恐，他犹未忘却。

真田幸村三十二年前的预感，就要成真。

一起死去……不，不一定就会死呢。

然而，佐平次坚信大坂方面输定了。他说不出道理，却曾亲眼见证武田家的灭亡。几十年的经验，带给他此际的预感。沼田的真田信之投向德川家康。佐平次去信之府中住了这些年，切身体会了德川幕府的威势。

（话说回来，左卫门佐大人可会知晓我佐平次从沼田前来？）

向井佐平次闭上双眼，露出一抹微笑。

人生匆匆，不过如此……他早就看透了。

人生，弹指即逝。五十余年的光阴，一如白驹过隙。佐平次七岁丧母；十六岁那年夏天，父亲向井猪兵卫又病故了。父母死后，他由姨妈茂枝抚养长大。跟妻子同名的姨妈、姨父坂山市松和表兄弟们，全都没了消息。坂山市松和佐平次的父亲一样，是武田家的长枪足轻。

忽然，佐平次喃喃说道：“愚蠢。”

他自嘲着。向井佐平次的一生中，唯有一人让他印象深刻，那便是左卫门佐——真田幸村。

佐平次不相信这次去大坂城是主动送死，却又不求再活个二三十年。

此中缘由，难以说清。

苟活百年又如何？唯有跟幸村共度的光阴，才是他“活”的证明。

对佐平次而言，跟幸村的回忆是"不可替代"的，甚至比一家团圆的记忆都更重要。

佐平次在澡堂待到天明。木板与木桩搭成的浴池下铺着石头。温泉不断涌出，光是热气就挺暖和了。倘若冷了，再泡便是。天空泛起鱼肚白。佐平次收拾行装，走出澡堂。泡久了，身子有些乏。

（早知如此，不如投宿安乐寺呢。）

佐平次朝安乐寺走去。

当年，草者小助背着负伤的佐平次离开地藏峠的忍者小屋，来到别所的安乐寺落脚。

镰仓幕府时期，留宋归来的僧侣樵谷惟仙开创了香川安乐寺，该寺跟昔日的真田家颇有渊源。

寺里当年有两个小和尚，不知如今的安乐寺可有人在？

从澡堂到安乐寺的小路一如往昔。

（关原之战以后，一直没听说小助牺牲的消息。兴许他仍在阿江手下？）

在沼田时从未想过的事，突然浮现脑中。向井佐平次顺着三十二年前的老路逆行，一时热血沸腾，两眼放光。

瞧见安乐寺的稻草屋顶黑色大门之际，下雨了。

第伍话

向井佐平次来到安乐寺住了一宿。

三十二年前的小和尚赫然成了中年僧人，却没有离开该寺。佐平次报上名来，僧人便想起了他。

翌日，他离开安乐寺，去了地藏峠。

昨天的雨很快就停了，这一日晴空万里。

地藏峠是从上田去盐田、深志方向的分歧点。山路旁的树林中，曾有真田家的草者小屋。阿江将负伤的佐平次送到小屋，托奥村弥五兵卫照料，她本人则回身追击猫田与助。

地藏峠的草者小屋，早就没了影子。破烂小屋的残骸，怕是被附近的樵夫给运走了吧。然而，火炉留下的坑和基石仍在。

佐平次坐在小屋址上，吃着安乐寺僧人给的饭团。

当年，奥村弥五兵卫对背上的佐平次说道："别动啊。"

他依稀记得，狭窄山路中消失的阿江的背影是那般无依无靠，那般凄凉，仿佛换了个人。

两日后的黄昏，佐平次来到了伊那权现山的草者小屋址前。这里的小屋比地藏峠的小屋更破落，自然同样是无影无踪了。但是，小屋的下半部分埋进土中，尚存有三坪大的洞窟。

佐平次费了好一番功夫，才寻到小屋的痕迹。

这里是木曾的驹岳东面，深陷权现山枞树和松树的密林之中，地势无法和地藏峠相比，所以没有记号。

（亏我能找到……）

佐平次不禁感叹。年少时的记忆，竟会如此清晰，如此鲜艳。

找小屋的过程固然令人疲惫，但在树林中行走时，过往的记忆逐渐复苏，引导着佐平次。

"啊……就是这儿！"

来到草者小屋址前，佐平次不禁欢呼。他的双眼仿佛玩水的少年般熠熠生辉。

他为何要绕道而行呢？恐怕他本人都拿不出一个令人满意的答案。

"啊……就是这儿！就是这儿，没错……"

佐平次钻进洞里，一屁股坐下。

"就是这儿……就是这儿……那年我才十九……"

向井佐平次断断续续呢喃着，泪如泉涌。

高远城被织田军攻陷之际，阿江救出了佐平次，把他送到这间小屋。养伤的第二天、第三天，佐平次初尝女人的滋味。

身负重伤，却做出了那种事。

那时，佐平次正在梦中。古府中的足轻长屋在战火中熊熊燃烧。火焰中，姨妈茂枝、表妹阿玉、表弟松之介挣扎着，呻吟着。

梦醒时，阿江凑近被褥中的他。

“把眼睛闭上，别动……”

说话之间，她便将双唇压上了佐平次的唇。

（那一年，阿江几岁啊？）

不知道。他不曾询问，阿江亦不曾言明。

当时，佐平次眼中的阿江就像是母亲，却被她引诱着成了真正的男人。冲击和晕眩让他眼前一黑，几乎没了伤痛之感。

当阿江松开佐平次时，他手腕的伤口一阵剧痛。

疼痛和羞耻，促使佐平次大喊道：“给我出去！”

阿江笑着给他包扎伤口，敞开的胸襟露出一对被汗水沾湿的乳房。此情此景，历历在目。阿江的脸和四肢被晒得黝黑，乳房却惊人的白。

就是那时，敌方忍者突然袭来。

（那会儿真是吓坏了……）

从高远城到真田庄，一路上满是惊愕、冲击。常人一生中无法体验之事，佐平次一个月中竟尝了个遍。

是夜，向井佐平次决定在小屋旧址的洞里生火，迎接清晨。

三十二年前的草者小屋被树林的嫩芽与土味包围，如今正面临着凛冽寒冬。佐平次望着篝火，泪水又涌了上来。

为何不住落泪？

他不悲伤，亦无叹息。他只是决意跟旧主真田幸村共生死，脱离沼田，循着年轻时的足迹一路走去，惊觉五十几年的光阴弹指即逝。

这才明白人生是何等的缺乏果敢。

他是否屈服在了岁月的威严面前？不知不觉，佐平次双手抱头，呜咽了。自打进了真田家，他从不曾如此抽泣。

他流着泪，不知道是否快要疯了……

翌日，向井佐平次走出权现山的山林，异常舒爽。

他加快脚步，奔向大坂。

他不打算去高远城。高远城现任的城主是肥后守保科正光，此人昔日只是武田家的一介陪臣，只是饭田氏帐下的一个小将，现下却拥有两万五千石封地。

第陆话

这时，大坂城中集结了七万余名将士，而且兵力继续增长。等到战争打响时，足足有十二万（一说十万）之众。

大坂方面招揽各路战将指挥杂牌浪人，其中五位名将合称"五人众"——真田幸村、长宗我部盛亲、后藤基次、毛利胜永、明石全登。

长宗我部盛亲的情况，前文早有介绍。

这五人彼此闻名，关系却不亲密，有些甚至是初次见面。

幸村进城后的第四日，便由嫡子大助、从九度山跟来的众家臣和草者向井佐助陪同出府，巡视大坂城的总构。

跟来时不同，幸村现下是半身武装，披着阵羽织，骑栗色骏马。从上田去纪州之前，草者偷偷把这些装备从上田城运到了彦根的忍宿。

彦根忍宿仍是"钱屋"商铺，从事货币兑换和交换的生意。

伪装店主的横泽与七是年七十五岁，精神矍铄。店里七个工人皆为草者。

真田幸村离开九度山前，曾让阿江通知横泽与七等人留在彦根，不要跟到大坂城来。负责下久我忍宿的权左和夜泣峠小屋的五濑之太郎次亦未前来。

幸村不是嫌他们年老，更不是觉得他们不中用，而是这几个忍宿和小屋需要保留下来，未来会有大用。没有人的小屋，关键时刻又有何用？

听闻幸村之命，他们皆无抱怨。

不愧是草者，很清楚自身职责。

大坂城三丸的府邸被分给了前来的各位战将。

城内外夜以继日施工，总构亦然。数千名工匠和劳工齐聚城内，随着城内的士兵去淀川沿岸筑堤，在四处挖掘壕沟。尤其是南方，自玉造至猫间川，挖出了十町有余的护城河，而且筑了一丈高的石壁。

城郭巨大，防卫工作自然艰巨。

阿江等草者尚未来到。真田氏本家的旧臣则是陆续抵达。草者正忙于城内外的联络。

总构曲轮内的居民将家什装到车上，开始撤离。应征的浪人们则住在侍屋敷中。无用的建筑皆被推倒，里面的木材则用来建设箭楼、木门和栅栏。尘土飞扬，武士们骑马飞驰，工人们喊声四起。

真田幸村沿总构城郭南行。

咋夜，丰臣秀赖来到本丸的"千席间"召众将举行会议。大野三兄弟（治长、治房、治胤）、木村重成、薄田兼相等丰臣家重臣悉数出席。

重臣们指着大坂的大地图，询问战将们的意见。

丰臣秀赖一句话都没说。

三年前，秀赖去二条城见德川家康时，幸村特意溜出九度山，混到群众中一睹秀赖真容。彼时的秀赖跟此时的秀赖浑若两人。秀美的面容如故，本就巨大的身躯却更见肥硕，胖得简直都没人样儿了。这位年轻的大汉头顶乌纱帽，身着萌黄狩衣与指贯（袴），脸上还化了淡妆。

他的嘴唇红得出奇，怕是上了口红。

二条城的那个秀赖当然不是这副京都公卿打扮。幸村从人群中瞥见秀赖时，他那凛然的威势让幸村甚是兴奋。

而且，秀赖面无表情，仿佛戴着面具。幸村甚至怀疑，秀赖之所以默然不语，没准是大野治长等人再三叮嘱的结果。

——右府大人不开口较好。

秀赖现身后，大野治长便大喊道："右府大人驾到！"

众将一阵骚动，他们肯定会有出乎意料之感。

见这些战将纷纷伏地行礼，秀赖说道："众卿平身。"音调平淡，全无抑扬顿挫。他就只说了这一句话。而后，大野治长便开始主持会议。

治长询问真田幸村的意见，幸村答道："尚难断言。"

治长略显失望。

幸村不知道杂牌战将和浪人们的情况，对丰臣家的人们更无所知。

——不看清情势，谈何战术？

主持会议的大野治长潇洒倜傥，能说会道，是丰臣家排得上数的名臣。然而，幸村对他实是有着更高的期望。暗中来到九度山的密使曾带来大野治长的信函，哪知其真人竟比信函中的印象"更加浅薄"……

幸村看了看丰臣秀赖，又看了看大野治长，仔细听取众人之言。

丰臣家尚未举行第一次会议，便统一了意见。

何种意见？概要言之，便是——

死守。

敌军尚未攻来，便坚持死守。

当时，大御所德川家康尚未抵达京都，将军秀忠尚未离开江户，而关东方面的那些大将更未动身。

何以竟早早准备守城？

大坂城是空前绝后的巨城，只怕丰臣家是太相信这城了。而且，城的防线正在不断向外扩张，总构外建起了一个又一个砦。

战将们皆有同感，纷纷言道："守城之时，防线不宜太长。"

然而，大野治长不愿退让。

幸村不禁暗自苦笑。

他们怕了。他们想在尽可能远的地方迎击敌军。

幸村略感失望。

第柒话

大野治长等丰臣家的家臣确实是忠心耿耿，天地可鉴。

真田幸村明白他们的忠诚。他们只是要保住丰臣家的安泰，要保住丰臣家的江山社稷。正是这份热忱和执念，催生了畏惧。

这份畏惧，跟"胆小怕事"不同。他们只是"不懂战阵"罢了。谁都会为了保护家族、地盘而迎击敌人。然而不胜之战又有何用？

况且，战事这玩意，若无悬殊的兵力之差，便是胜负难分。双方需拼死战斗，竭尽全力，方可分出胜负。而谁胜谁负，唯有神明知晓。

一心求活，便难以破釜沉舟。

真田幸村冷眼看着大野治长的言行，竟觉得昔日那位治部少辅石田三成都要胜这家伙一筹。

结果，会议采纳了大野治长的提议，增设博劳渊和秽多崎等地的砦。战将们的意见几乎都没被接受，治长只是勉强同意把西侧（大坂湾方向）的总构防线缩短一些。

面对"不成功便成仁"的决战，丰臣家斗志不足。

幸村对此早有预料，却万万没想到情况会如此不堪。他曾和父兄据守上田城，奋勇迎战兵力高达自家数倍的德川大军。两者的态度，简直不可同日而语。

丰臣家的重臣大都不曾亲历大战，故难免纸上谈兵。

关原一役中的石田三成亦然。对这位直到开战前夜犹自夜手足无措的西军总帅，小西行长曾评价道——

"大战不比儿戏。凡事谨小慎微，后果不堪设想。石田大人但求毫无疏漏，事事周全。平日里倒是甚好，但战事乃魔性之物。面对魔物，欲得战机，万不可以书状与政令应对。"

小西行长的这一评价，对大野治长亦甚合用。

石田三成是西军的总司令官，作战计划皆由他最后定夺，无论好坏。大野治长的身份则是丰臣秀赖代言人。

但是，他的话中是否真有秀赖的意志呢……

这个就很难说了。

此人开口闭口便是"淀君"云云，仿佛他转达的不是秀赖之意，而是淀君之意。总之，大坂方面尚无明确的总司令官。

若从征召的战将中挑一人将万事托付便罢，可惜丰臣家缺乏这样做的胆量。

就拿黑田家昔日的名臣后藤又兵卫基次来说吧，此人身经百战，尤擅布阵，征朝时曾立下赫赫战功，委实名震天下。如此高人，肯定会理解的提议。所以，若由他出任总司令官，真田幸村尚可一展拳脚。

会议宣布结束之际，淀君来到了千席间。

（她便是那个淀君？）

幸村不敢相信眼睛。他有十几年没见到淀君的尊荣了。

年轻时的幸村曾挥别父兄，以人质身份从上田来到大坂，跟随故去的太阁秀吉。他不曾跟淀君交谈，却曾见到淀君几次。当时的淀君风韵犹存，一看便知是太阁喜好的美人。

当然，她无法跟生母阿市那位"绝世美女"相比。正所谓男孩似母，女孩似父。老臣们都说淀君长得太像她父亲浅井长政了。长政是坠腮脸，不显老，身子则有些肥胖。

淀君若挨着太阁秀吉站立，甚至会比太阁高出几分。

真田幸村昔日见到的，是二十五岁到三十五岁之间的淀君。年过三十的淀君极适合浓妆艳抹，而秀吉最爱浓妆艳抹的女子。

听说秀吉的侧室之中，只有一个人拒绝浓妆。就算秀吉让她把妆化得浓些，她都只会答称"妾身不适合浓妆"之类。那便是前田利家的三女於麻阿——加贺殿。

幸村曾听众家臣感叹，身着华丽衣裳的淀君浓妆艳抹，光芒四射，胜似二三十根大蜡烛同时点亮……

哪知十几年后再见淀君，她竟仿佛令千席间昏暗了几分。

她浓妆艳抹如故，身子却跟爱子秀赖一样肥硕，面部的肌肤下垂，不知是松弛还是浮肿。大蜡烛灯影下的淀君，浓妆反使她恐怖如妖。

淀君是年四十八岁，一脸阴沉。太阁亡故后，她肯定操碎了心。

陪淀君露面的大藏卿局比淀君略微年长，模样却更显年轻。大藏卿局是大野治长兄弟之母。战事在即，兴奋令她满脸通红。

众将伏地行礼，淀君却只是微微领首，一言不发。秀吉、家康均是织田信长之臣。淀君是信长的外甥女，又深受天下人太阁秀吉宠爱，诞下丰臣家的后继者秀赖。这贵妇的骄傲自难挥去。

不，正因身处逆境，淀君才更是紧抓"骄傲"不放。

第捌话

不知为何，淀君的脸庞自昨夜之后便萦绕在真田幸村脑中。

（被丰臣家这群家臣包围，我左卫门佐究竟能有何建树？）

不知不觉，他穿过数道木门，出了总构。

晴空万里。总构外围的护城河需继续加深，工人们正埋头苦干。

幸村由众家臣陪着，骑马环视工程进度，继而朝右侧的台地走去。

爬到台地顶端，回头望去，只觉得烟尘彼方的大坂城天守阁竟是如此渺小。

阳光下，一部分屋顶闪闪发光。那是屋顶的金瓦。

唯有屋顶的金瓦得以幸免，没拿去重铸。此举无非是要彰显"丰臣家在此"……

幸村凝视着天守阁，纹丝不动。向井佐助在树丛中发现了什么，悄悄走远。一只雄鹰在台地树丛上方悠然盘旋。

幸村看了看马旁的高梨内记，嘴唇微动。

"啊？"

内记凑近了想听清楚些，哪知幸村的目光忽然一挪。

他的目光从正北方转向了东南。

台地北侧下方，便是总构南端的道路。此地三面皆被田地和树丛包围，内有几处较低的台地，一片田园风光；南方西侧则有天王寺伽蓝，而生玉地区的下寺町附近至天王寺一带则有延绵不断的寺院与民家。

此时，青柳清庵说道："啊，是阿江……"

向井佐助和草者阿江从光秃秃的树丛中走了出来。阿江一身农妇打扮，头戴灰巾和草帽。

"我正要进城报信，刚好被佐助看见。他说左卫门佐大人来了……"

阿江说着，摘下了草帽和头巾。她亦是年过五十。然而，昨夜的淀君活力全无，阿江的脸庞与身体却是精力充沛。她的面部晒得黝黑，透亮的双眸却是暗藏厉光。

"阿江，来……"

"是。"

"我忽然想到……"

幸村将目光从阿江投向了众家臣。

"想到何事？"

"嘿嘿……"幸村点点头，露出一抹微笑，"此地甚合我意。"

"啊？"

"这高台甚合我意。我打算来此造个出丸。"

所谓"出丸"就是从主城中突出的曲轮。战时的出丸，又有"跟主城相通之砦"的效果。

从决意进城那天开始，九度山的幸村便寻思控制一个出丸，以便自由作战。要拦击来势汹汹的关东军，最好的方法自是出击；但若非要守城，幸村想在无人妨碍的情况下，随心所欲大战一回。

真田氏本家旧臣有百余名进城了，几天后恐怕会再来几十人吧。而进城的浪人部队亦有一部分交由幸村指挥。前天夜里的会议决定由幸村调度四千浪人。

幸村但求使用手中的兵力，独自迎战关东大军。

胜负并不碍事，他只是冲着"取胜"而战罢了。所以，幸村根本不看重取胜后的恩赏和出人头地。

阿江游目四顾，登时两眼放光，说道："这里的确不错。"

"若来此弄个出丸，就可以大干一场啦。"

"大人所言极是。"

"而且啊，阿江，这里更方便联系草者。"

"确实如此。"

幸村一行人所在的高台下方，堆满了用来建造箭楼的木材。

指挥高台下方护城河的挖掘与总构防卫工程之人，名唤伊木七郎右卫门。伊木侍奉丰臣家多年，十七岁时在贱岳一役中光荣初阵，战功卓著。他本是太阁秀吉的近习，关原之战时支持西军，不幸沦为浪人。

幸村知道伊木七郎右卫门比自己小两岁，是年四十有六。

实不相瞒，幸村侍奉太阁之时，伊木亦是同职。两人年龄相仿，又都有些轻狂，难免时时出去喝酒放纵。伊木听闻幸村入城，喜笑颜开，昨晚的会议上特意对幸村说道："有机会好好喝一杯。"

"内记。"

“是。”

“伊木七郎右卫门大人若在，能否让他来一趟？就说左卫门佐有事相求。”

“遵命。”

“清庵，你同去吧。”

“好的。”

真田幸村望着高梨内记和青柳清庵冲下高台，又下马说道：“阿江，你来。”

“是。”

幸村带着阿江走远。佐助和三名家臣老老实实看着两人交谈。只见幸村对阿江缓缓耳语了几句，阿江不住点头，眼看着脸色渐红。

幸村究竟说了些什么呢？

须臾，阿江听完幸村的吩咐，折了回来。

“佐助。”

“啊？”

“随我来。”

佐助看了一眼幸村，只见幸村微笑着点头。

“属下告辞。”

向井佐助对幸村行了一礼，随阿江进了树林。幸村再次回望彼方的天守阁。老鹰兀自盘旋头顶。

“真田大人，什么风把你吹来了？”

伊木七郎右卫门浑厚的声音传来。

幸村回过神来，笑道：“啊，伊木大人，麻烦你跑一趟，真抱歉呀。”

“可是来巡视的？”

“正是。”

伊木虽为小兵，但是身材健壮。他亦是半身武装，拿着青竹小棒，想必是用来指挥工程的吧。他的络腮胡打理得整整齐齐，虽有白发，却显得精力充沛。

“我正打算晚上带着美酒登门打搅呢。”

“那好得很……”

“大人唤在下前来，所为何事？”

“伊木大人，我有一事相求。”

“但说无妨，我只要能办就会竭尽全力。”

“感激不尽。”

第玖话

"伊木大人，实不相瞒，我想来此造个出丸……"

"出丸？"

"正是。可否助我一臂之力？"

"有趣……嗯，有趣！"伊木七郎右卫门寻思道，"造好的出丸，自然是由你来指挥吧？"

"正是。"

"好，好，太有意思了……"

真田幸村和伊木七郎右卫门奉命防守总构南端。后者手下约有七百士兵。

众将各自分到了一片区域，陆续开展防卫工程。大坂方面没有总司令官，各将得以按照各自的打算来施工。丰臣家的总帅按理说该是丰臣秀赖，但是他对城郭的工程一无所知。

幸村和伊木均想，若来此设立出丸，只消将总构的一部分凸出便是，不需一一禀报秀赖。

"好，这就开工！"

"太感谢了！"

"但是，我亦有一事相求哦。"

伊木提出了交换条件。

"请说。"

"你想好了，真会接受？"

幸村不禁苦笑。看来，伊木不打算给幸村反驳的余地。

"好吧。"

幸村唯有点头。

见状，伊木说道："那我就不兜圈子了。希望您让我到真田丸里跟您并肩作战。"

"真田……真田丸？"

"就是这里未来的出丸嘛。"

急性子的伊木竟都想好了出丸的名字，跟着他前来的两名家臣和幸村的家臣皆忍俊不禁。伊木那天真无邪而又充满男儿气概的爽朗性格，将众人逗乐了。

"能跟伊木大人并肩作战，求之不得啊！"

"哈哈，真田大人，您这是答允了？"

"那当然！"

"太好了！那咱们这就动工吧！"

正午未到，伊木七郎右卫门便命家臣召集工人。

"我二人好好合计一番。"

幸村和伊木一同走下台地，上了马。

伊木跨上家臣牵来的马，抬头挺胸，大喊道："出发！"

好个奇人。

两人绕台地一周，商量着工程之事。

"这敢情好！"伊木举起青竹指挥棒，说道，"看，那儿堆满了木材。"

"是啊。"

"干脆就用那些木材？"

"碍不碍事啊……"

"无妨，无妨，反正是守城用的木材。"

"那倒是。"

那些木材是总构防卫工程所需，却不归伊木七郎右卫门的地盘所有。

幸村和伊木巡视完台地，立刻着手建造出丸。二丸幸村阵所的众家臣和幸村手下的士兵们纷纷前来帮忙。加上工人，将近两千人了。

堆积成山的木材顿时没了影子。根据幸村的指示，木材被搬往台地一带。

一条护城河在台地周围渐渐成形。

日落前，问题来了。

后藤又兵卫基次带着十几名家臣策马赶来，脸色惊人。

"真田左卫门佐呢！"

后藤基次似乎怒火中烧。

幸村当时正在台地上。

这台地约有百间（不到两百米）见方。南方成山谷状，远处有一片巨大的沼泽。若来此设立出丸，那沼泽便有护城河的作用。

说是台地，高度却只二十来米，需要运来泥土将底部垫高。

幸村坐在床几上，在临时搭建的高脚桌前摊开一张白纸，绘制出丸的设计图。此时，后藤又兵卫基次策马赶来。

"左卫门佐大人，您这是……"

"哎呀，这不是又兵卫大人嘛！"

"这一带归我管。"

"咦？"

"您没听说？"

"这真没听说。"

"台地下的木材和竹子，我都有用啊。"

"那可真是……"

"哪有你这样的！"

话说回来，不知者无罪嘛。

幸村微笑道："那好吧，就麻烦大人将这里让给我吧。"

"啊？"

"希望大人把这片地盘让给我，供我建造一个出丸。"

幸村非常中意这片台地的地形。双方之前都是浪人，但幸村的身份略高一筹。幸村不是真田家的当主，却毕竟是大名真田昌幸之子；而后藤基次只是黑田家的旧臣。

又兵卫基次亦看妥了台地的地形，拟出了迎敌方案。

关东大军肯定会从大坂城南方的"天王寺口"进行总攻，否则便无法排开大军。换言之，敌方的大军将会集结至大坂城南的平地。

"万万不可！这里是右府大人分给我的地盘！"

基次满脸通红。他亦身着半武装阵羽织，样子煞是英武。有人说，一年之前，丰臣家用金银"圈养"了后藤基次。

又兵卫基次是堂堂六尺男儿。真田幸村则继承了父亲昌幸的矮小，故此际只得仰视基次。

"望大人割爱。"

"莫要强人所难。"

"求大人成全。"

"使不得啊！"

真田幸村言谈冷静，后藤基次却很激动，半点不肯退让。幸村此举不是随口一说，台地上的出丸确实点燃了他的执著之火。

而基次才是真正的意气用事。

幸村周围的家臣和基次带来的五名家臣都是杀气腾腾。

"大人，"幸村手执马鞭，指着台地说道，"工程都动工了，希望您成全。"

"我拒绝。"

这便是所谓的"地盘之争"。

不到一天，工程竟进展神速。若就此中断，时间、劳力和木材便打了水漂。

后藤基次自然明白道理。幸村事前并不知情，若现下百般责难，只是徒劳无益。基次的态度渐渐软化，却自然不会高兴。

"我会把这件事禀报右府大人的。"基次愤愤说道，"届时再议！"

他撂下一句话，扬长而去。

第拾话

"黑田家名臣"后藤基次享誉天下，长政反倒被大家遗忘。这使得长政怒火中烧。

接下来，要介绍一下后藤又兵卫基次此人。

但凡有一定阅历者，肯定都知道这位勇将的大名。这跟小学历史书关系不大，主要是各种有关战国时期的传说、戏剧、电影、小说里，他常以"豪杰"之姿登场。后藤又兵卫就是"豪杰"的代名词，一如在朝鲜以打虎闻名的加藤清正。

后藤基次来自播州，其父基国是播州别所家的家臣，后来投靠了小寺政职。基国病殁之时，基次尚是孩子。

有人可怜他小小年龄便没了父亲，收留了他。这个人不是别人，正是黑田官兵卫孝高——日后的黑田如水。羽柴秀吉按照织田信长的安排，前来征讨中国地方。当他来到播州之际，和黑田孝高一见如故。孝高由此得到秀吉的重用，而且屡献奇计。

孝高一直把后藤基次当亲孩子一样，对待他一如对待儿子长政。

织田信长死后，羽柴秀吉变成丰臣秀吉，摇身当上了天下人。黑田孝高随之出人头地。然而，秀吉给孝高的俸禄算不上高。秀吉争夺天下时，黑田孝高是他最重要的谋士之一，怎奈这个人太聪明了，秀吉忍不住有些防他。

孝高察觉了秀吉的防备，刚刚四十出头，便把家业让给了儿子长政。长政几番立功，让目前的黑田家拥有了筑前国福冈地区的五十二万三千石封地。

跟亲儿子长政相比，黑田孝高似乎更喜欢后藤基次。基次相貌堂堂，骁勇善战，而且性格阔达，深合孝高之意。孝高一度感叹，若基次真是他的孩子就好了。

因之，黑田长政自幼自卑。这正是日后主从矛盾的引子。

黑田长政继承家业之后，又兵卫基次就成了长政的家臣。然而，这两人自幼平等，关系胜似亲兄弟。基次对长政全无畏惧之意，只要长政有错，基次便会无情指出，要不然就是面带冷笑。

这让长政难以忍受。然而，后藤基次随军攻打朝鲜时的战绩天下皆知，长政没有合情合理的借口，哪敢随随便便轰这位强将滚蛋？

关原一役，基次跟随长政，给东军立下了汗马功劳。长政束手无策，只得接受父亲孝高的建议，把小隈城（一万六千石）赐予基次。

庆长九年，黑田孝高病逝。孝高是基督徒，受了洗礼，教名Don Simon。

父亲孝高一死，再无人制得住黑田长政了。长政和后藤基次的关系登时紧张。"黑田家名臣"后藤基次享誉天下，长政反倒被大家遗忘。这使得长政怒火中烧。

又兵卫到底是当了浪人。

细川忠兴得知此事，觉得又兵卫基次着实可怜，不如让他来给细川家出力，便将又兵卫一家老小迎至九州的丰前国小仓城。

也有人说这事情是基次主动提出来的。

总之，黑田长政听说基次去细川家当了五千石俸禄的门客，一时怒不可遏，愤然要求细川忠兴别再收留基次。

忠兴答道："基次不是细川家的家臣，只是个客人罢了，尚望您高抬贵手。"

此事甚至惊动了幕府。后藤基次明白事情闹大，不想给细川大人惹事，便带着家眷和家臣辞别了小仓城，举家来到京都闲居。

"基次，纳命来！"

——万万想不到，黑田长政竟派出刺客追杀。

两名刺客日夜兼程来到京都，欲抓住后藤基次独自散步时痛下杀手。

"尔等是来杀我的？"后藤基次只一句话，便吓得他们拔不出刀。见状，基次随口撂下了一句话，背对着刺客离去，"有胆子就上吧。"

两个刺客到底不敢动手，唯有回到福冈向黑田长政禀报此事。

长政苦笑道："你们确实杀不了又兵卫。千错万错，都怪我没想到这一点呀。"

第拾壹话

后来，后藤又兵卫基次又去了安芸国广岛城主福岛正则那里暂住。

福岛正则非常想让基次来当个家臣，但基次开口便要三万石的俸禄。

当时，福岛家一众老臣的俸禄都没到三万石，所以老臣福岛丹波和尾关石见都抗议道："那样一来，家中不乱了套？"

正则力排众议，笑道："三万石？给他便是！"

哪知后藤基次却又变卦，说道："众老臣如此抗议，自是蔑视本人器量，恕我难以奉公。"

他就此离开了福岛家。事实上，他本就无意当正则的家臣，因而才会狮子大开口，只待正则拒绝。

除了福岛正则，加贺的前田家，甚至德川家康之子结城秀康（结城家养子）都几番向基次示好。然而，基次悉数婉拒了。

后来，基次接受了播州姬路城主池田辉政的好意，拿了区区五千石的俸禄，搬到姬路城下。何以他这次会欣然接受呢？只因播州是他的故乡。

怎奈他的旧主黑田长政一直暗暗怀恨，此番竟不惜求幕府出面……

"岂有此理！"

旧主的穷追猛打让基次深深震惊。他不想害池田家卷进纷争，故唯有黯然离开姬路。基次的妻弟三浦主水是池田家的家臣。基次临去之间，特意麻烦他照顾老母和妻子儿女，打算日后安顿好了再接他们。他不想再让家人跟着他颠沛流离。

基次带着长子基则离开姬路，云游各地。他很早以前就想去伊势神宫看看，此番正好得空。听说他来到伊势，伊势国津地区的城主藤堂高虎亦想跟他结纳，但同样被又兵卫婉言拒绝。

旧主黑田长政恨他一日，他就一日无法摆脱浪人的身份。

（一切都是徒劳……）

天有不测风云。不久，基次和长子基则游览堺地区时，黑田长政竟派人绑架基则！长政杀不死基次，恼羞成怒，竟做出如此天理不容之事。而且，他派来绑架基则的是几十个浪人。当时的堺归丰臣家管辖，此事很快便被丰臣秀赖得知。秀赖登时大怒，命黑田家将参与绑架的众浪人押至大坂，继而施以极刑。

经德川幕府安排，基次的长子基则当上了长州毛利家的家臣。

正是这件事，让后藤基次对丰臣家有了好感。

和后藤又兵卫基次相比，真田幸村的名头自是大大不如。

德川家康曾命黑田长政收回基次。

长政固然憎恶这位旧臣，但又委实不想基次给别人卖命，有时真希望他肯回来。现下有了大御所家康之命，长政立刻"无奈"照办。然而，他肯定是暗暗松了口气吧。

就这样，黑田家开始跟后藤基次接洽。

基次的答复是，若长政"无论如何"都要他回去，他便"勉强"回去好了。但是，他开出了一个条件——不想回到黑田家的封地，只想长住京都。

若黑田家肯接受的话，他便重当黑田家的家臣。

哪有如此特立独行的家臣？

"混账！"

黑田长政勃然大怒，但总归是忍住了。事情弄成这样，他就算是争一口气，也要让基次回来。

"竟然把又兵卫基次这般名臣轰出家门，黑田甲斐守是不是脑袋坏掉了啊？"

如此风评，长政早都听到好几次了。

然而，长政亦有长政的条件。

"若肯将老母和子女送到福冈当人质，而且斩断和别家的关系，便同意你长住京都。"

黑田长政这番退让，真可谓是忍辱负重了。

长政的使者就此询问基次的意见。

"这……"后藤基次犹豫不答，说道，"容我想想。"

"但是……"

"你就先这样对甲斐守大人说吧。"

又兵卫基次不肯给出明确的回复。使者再三拜访，基次总推说尚未想好；而黑田长政亦无意再度退让。

双方僵持了一年之久，结果尚未出来，关东和大坂便决裂了。

丰臣家立刻向奈良的后藤基次求助。

基次欣然从命。

如此快速的答复，别说别人惊讶，包括基次本人事后回想时都觉得不可思议。基次的长子基则昔日被绑，幸蒙丰臣秀赖出手相助，基次一直感念此事。然而，他不会只因这一件事便慨然答允。另一个缘由是，基次本人对德川家康和关东的幕府殊无好感。

有人说，关原一役，黑田长政立下赫赫战功，名扬天下。长政回到九州，得意扬扬对父亲如水说道："孩儿回到关原的本阵向内府公（家康）禀报击退石田一事，内府公喜上眉梢，握住孩儿右手足有三次。"

黑田如水却是一脸愁容，问道："你的左手去了哪里？"

如水一看便知儿子中了家康的招儿，被对方哄上了天。

——反正家康都握住了你的右手，何不立刻用左手捅死他，夺取天下？

如水把长政揶揄了一番。

这自然是玩笑话。但是，英勇无双的长政确实被奸猾的家康玩弄得不知南北。这正是人善被人欺。

关原之战打响的同时，蜗居九州的黑田如水如旋风般横扫了丰后、丰前。他甚至打算观望一下中央的情况，俟机率兵上洛，再崭头角。

黑田如水对亲子长政的不满和失望，都变成了对后藤基次的期待和喜爱。基次和黑田长政如亲兄弟般长大。攻打朝鲜和关原之战中，基次自然看到了长政英勇无敌的模样。长政无论何时都会率众狂冲，带着家臣们勇往直前。

强将手下无弱兵，黑田家的长枪队名垂四海。

哪知关原一役之后，黑田长政竟主动向德川家康和关东的幕府低头，只当一个五十二万三千石的大名就很满足了。

后藤基次的不甘，那自是不用说了。

第拾贰话

"上田一役，是跟父亲和兄长共同守城。此番则不然，怕是举步维艰……"

后藤基次到底让出了城南总构附近的那片地方。虽然不满，却是爽快大方。

"太感谢您了！"

幸村亲自来到二丸的后藤基次阵所致谢。

幸村不分昼夜，加班加点建造出丸——不，该说"真田丸"了。

竣工的真田丸南北全长二百二十二米，东西则是一百五十米，规模不算很大，自然称不上砦。就拿出丸来说，都算是比较小的。

（如此出丸，当真可以抵御外敌？）

全力协助幸村的伊木七郎右卫门不觉面露疑色。

幸村和伊木率领的四千士兵来到小小的出丸安营，这便是和关东大军决战的前沿阵地。出丸附近挖有深深的空壕，深度和宽度皆由幸村仔细斟酌。

"深了不妥，浅了更不妥当。宽度亦然。"

因之，他不惜往挖好的空壕里填土。

这一切皆来自防守上田城的经验。

台地上的真田丸之南侧出现了一道土居，而且竖有双层的坚固栅栏。这样一来，南侧就无法进出了。而真田丸之东、西则各有一门，北侧亦有小门。这北面直接跟大坂城总构的壕沟相通。

真田丸的空壕和总构的壕沟之间有一条小路，两者不相通。

真田丸四周都竖了墙壁，而且设有好几个箭楼。

谁都知道敌军只会从南侧攻来，所以大坂方面便在南侧建了七个箭楼，楼旁皆附有凸墙。如此一来，就算敌人越过壕沟攀上围墙，亦能从侧面射箭防御。

真田丸所在的台地长满竹子。幸村没有砍伐竹林。

茂密的竹林，无疑是天然屏障。

幸村离开九度山之前，便期望拥有一个可以任意行动的地方。这一希望竟然会这样实现，这一点当真是想不到的。

"好一个出丸！"

某夜，阿江现身说道。

"真的？"幸村笑道，"有了这个出丸，跟草者的联络就会更方便啦。"

"没错。"

幸村几乎不回二丸的府邸，却很清楚大坂城内对他的风评。

真田丸开工之初，城内便充满了谣言。

"别太小瞧了真田这家伙啊。"

关原一役前后，幸村之兄信之一直都是关东方面的好家臣，此事谁人不知？幸村特意出了总构设立出丸，人们不免怀疑这是跟关东方面事先商议的结果。

"怕是要放关东的大军进城吧！"

一传十，十传百。

大野治长听了，只吓得坐立不安，立刻召见后藤又兵卫基次。

"你有没有听说真田幸村设立出丸一事？"

"略知一二。"

"感想如何？"

"大人何出此言？"

后藤基次进城之后，跟真田幸村一样，对大野治长大失所望。

治长曾几次派使者联络辗转各地的基次。信函中的治长，跟真人全然不似。他确实对丰臣秀赖和丰臣家充满赤诚，但是战火将燃之际，他竟然乱了方寸，大惊小怪，鸡毛蒜皮的小事都会让他忐忑不安。他不曾经历战争。

事态闹到这样，治长甚至觉得他自身有无可推卸的责任……

面对后藤基次的反问，治长说道："真田幸村不会是关东的人吧？"

治长的双眼布满血丝。

基次瞥了治长一眼，目光中满是怜悯之情，说道："小题大做。"

"啊？"

"幸村不会如此不堪。"

斩钉截铁。

"唔……"

"正是。"

"那好吧……"

治长非常信赖基次，所以才会将基次的位置放到幸村之上。此时听基次断然答称没事，他登时松了口气。

这便是基次、幸村等人觉得"大野治长靠不住"的缘故。

幸村的事情同样让淀君坐立不安。

大野治长回去便劝道："夫人别担忧了，后藤又兵卫打了包票呢。"

淀君果然听了进去。由此可见她是何等信赖治长。

真田幸村很快就听说了这件事。

不光幸村，大坂城内一有风吹草动，消息便会顷刻间传遍全城。

幸村不觉皱眉。

（这让人如何上阵杀敌……）

他有种不祥的预感。

别忘了，这一次是要守城。谣言四散，只会让大坂城不攻自破。

从各地前来的杂牌浪人之中，难保没有关东方面的间谍。

不，哪里会没有呢？只怕关东的"魔爪"数年之前就伸出来了。

城内奥御殿的侍女，没准便是敌军谍报网的人员之一。而丰臣家的那些家臣守城之余，又会不会向敌军通风报信？

间谍们一旦散布谣言引得城内惶惶，战况便将受到影响。

"上田一役，是跟父亲和兄长共同守城。此番则不然，怕是举步维艰……"

幸村望着阿江，喃喃说道。

第拾叁话

想不到后藤又兵卫基次竟如此信赖幸村，这大大出乎真田幸村的意料。

两人素无深交，幸村根本不知道后藤基次对他的印象如何，但基次确实让出了真田丸那片地方。

——大战将至，窝里斗又有何用。

战将基次只是大度让出地盘罢了。换言之，他根本没拿幸村当回事。

幸村特意登门向他道谢，基次却似乎颇不耐烦，只是点了点头，不苟言笑。

这不免让幸村觉得对方没有善意。结果，基次只用一句话便扫清了他的嫌疑。

后藤基次不愧是杰出良将。他一眼就看出幸村进城的动机和他本人一样，所以才敢断言幸村不是关东方面的奸细。

真田丸的工程紧锣密鼓。

为逃离战火，百姓纷纷撤离，在总构内留下无数民宅，光是推倒这些民宅，便能取得足够的木材。

真田丸将要竣工之际，大坂城本丸里面又召开了一次会议。

会议的前一日，幸村造访了后藤基次的阵所。基次微笑着迎接幸村。

基次手握三千士兵，是防守城南的机动部队。他进城不足一月，手下的士兵便对他忠心耿耿，仿佛跟了他好几年一样。

（真不愧是当世名将……）

基次的大将风范让幸村大开眼界。

玉造地区的后藤基次的阵所，正是昔日的浅野家之府邸。

"此番造访，实有一大事商谈……"

幸村刚一开口，基次漆黑有神的双眸便是一闪。

"大事？"

"正是。"

"好！"

基次立刻将幸村带到书院，支去旁人。

幸村提议"这就"率兵突袭，攻下京都和伏见城。他甚至称，大御所德川家康抵达京都之前，真该挑选精兵强将抢先杀奔近江。

这战术不全是幸村想出来的，而是其亡父昌幸的理想安排。

这几天来，大坂方面总算把枪支和各类兵器筹措妥当，陆续进城的浪人亦有了妥善编制，大坂城的防卫工程刚开始形成体系。

换言之，半个月前就率杂牌军攻取近江一事根本就不现实。所以幸村才会强调"真该"二字。

后藤基次微笑颔首。他亦有同感。

数日前，德川家康来到了二条城。藤堂高虎和其余大和地区诸将纷纷出兵，开始营建阵所。然而，德川秀忠的部队尚未离开东海道，暂时无法抵达京都。

以幸村之见，家康这几天都不会离开京都的二条城，这正是毅然杀出的良机。

上上策自然是攻陷伏见城。就算拿不到家康的人头亦无妨，反正只要有些成果，就会给关东方面带来巨大打击。

"是这样啊，"后藤基次兴致盎然，喃喃道，"很有意思……"

"大人这是表示赞成？"

基次答道："不错。"

"非常感谢！"

"不用多礼……"

幸村自称之前的会议上本待提出此事跟诸将共商，但细细一想又觉得暗中进行较好，所以才希望跟基次一同去说服大野治长。

"哦？"

"大人意下如何？"

"你说得很有道理。"

两人的密谈持续了二刻（四小时）之久。

奇袭。

二条城中的家康是不会有防备的。

倘若后藤基次率一万精兵突袭伏见城……足以抵挡基次的关东大军尚未集结。万一跟关东大军狭路相逢，便调度机动部队将对方击破。

反正基次只要直奔伏见城而去就行了。这样一来，伏见和京都便会手忙脚乱，真田幸村就有了偷袭二条城的机会。而人数嘛——

“两三百就行了。”

后藤基次一听之下，不觉愕然问道：“两三百？”

“正是。”

“这……”

基次难以置信。

“偷袭不需要大部队。”

“你打算杀进二条城？”

“放火。”

“哈哈……”

当然，去偷袭的不光是士兵，更要有草者。这一点，幸村没有向基次挑明。

阿江曾暗中去京都打探，查知二条城的防备竟是有机可乘。毕竟，二条城本来就不是战争所用之城。虽有士兵守城，其实却只是德川家的京都府邸。二条城周围分布着诸大名的府邸，亦有将士把守，但阿江称草者一旦放火，对方便将全无招架之力。倘若再有幸村手下的士兵混淆视听，无疑更易得手。

总之，关东方面抵达京都的兵力尚不充足，但其后续部队几天内便会陆续来到，从而再无突袭的可能。

突袭的首要目标，是打胸有成竹的德川家康一个措手不及，挫挫关东方面的士气。只要幸村和基次巧妙配合，基次甚至可以分出一部分攻打伏见的兵力，杀向京都。但是，倘若失败了呢？

真田幸村朗然一笑，说道：“大人不用替我担忧，直接带兵退回便是。”

第拾肆话

当夜，幸村和基次去了城内二丸的大野府邸，讲明攻打伏见、突袭二条城之计。

"这……"大野治长一惊之下，登时否决道，"万万使不得！"

这个战术大大出乎了治长的接受范围。以他看来，如此有勇无谋的攻击是断然无法奏效的。

（左卫门佐和又兵卫简直是异想天开，这两人难道疯了？）

两位重要战将的意见让治长甚是忐忑。幸村和基次对大野治长大失所望，治长对他们亦然。两人的行动皆未兑现他之前的期待。

（不该如此啊……）

大坂方面不想主动进攻敌城，只求从敌军手中保证本城的安全。

大野治长想要的只是成功守城。守住，守住，坚守到底！

但是，守住之后又如何呢？治长尚未设想，亦没有守得住的自信。

若长期防守成功，德川家康拿大坂没辙，自然会提出休战。那样一来，就以对丰臣家有利的条件跟关东"议和"好了。

治长追求的就只是这样。

真田幸村和后藤基次是目前最重要的两张王牌，一旦他们鲁莽行动，丢了性命，那该如何是好？因此，大野治长无法接受这一提案。

"两位就打消这念头吧。"

此时，治长俊秀的脸庞上大义凛然。这正是对丰臣家满腔赤诚的表现。治长不是胆小如鼠之辈，但他确实不懂得战争。

幸村和基次唯有面面相觑。

"使不得，万万使不得。就当我求求你们二位了。"

虽然用了"求"字，却是不容分说。

治长是这次战役的全权负责人，一切皆由他定夺。幸村无法让他拿此事征询秀赖的意见。丰臣秀赖比大野治长更不懂得战争。秀赖本人是明白这一点的，所以他出席会议时才一字不说。

幸村只得劝道："要守住城，就唯有主动出击。"

"不行！"

幸村和基次的目光让治长脸都白了，但治长有坚持到底的觉悟。

"那就没办法了，明晚开会时再跟诸将商量商量吧……"

后藤基次喃喃自语。虽然希望不大，亦只得徐图后计。

幸村没有说话。开会时提出此事，显然徒劳无用。

秀赖和淀君皆会出席，拿主意的是丰臣家。深受淀君信赖的大野治长一旦反对，这战术自然会被否决。上一次的会议正是如此。

两人离开大野府邸，走出二丸。

后藤又兵卫基次说道："看来，这仗不好打喽……"

幸村默然。

"对了……真田大人。"

"哎？"

"大野治长有他难办的地方。"

幸村不语。不管怎样，治长总归是妨碍了战争。

幸长挥别基次，带着五名家臣经三丸的木门朝真田丸走去。

总构似乎被熊熊的篝火充满。民居中，醉酒的将士们欢笑不断。

这一夜无星无月，四周暖和得简直异样。

（明天怕是有雨……）

想想冒雨偷袭伏见、京都的情景，幸村不禁热血沸腾，但很快又深深绝望。

眼下，只好戴着镣铐跳舞了。

武器店门口聚集着一群浪人。城中有一些商人坚持留下。浪人们挥霍着丰臣家给的酬金，购置兵刃铠甲。热闹非凡。

浪人们都明白，只要大坂取胜，他们就会出人头地。这些人一直颠沛流离，饱尝辛酸困苦，各个都憋着一股干劲，想要借这次大闹一番。

幸村对浪人部队的期待甚高，相信这些人会大有用武之地。这次战争的重中之重，便是不辜负他们的满腔斗志。倘若告诉他们要去偷袭伏见和京都，他们无疑会斗志昂扬。不需要把进城的浪人全部动员，只消十分之一便足以重挫浩浩荡荡的敌军。然而，幸村之计恐难实现。遗憾之至，却又无可奈何。

幸村没有被绝望笼罩。来到总构附近的真田丸时，他便整理好了思绪。

（就让天下人好好看看我左卫门佐的奋勇英姿！）

开战之后，大野治长若被幸村的斗志打动，兴许就会变卦。

哪怕亡羊补牢，总归是不算晚的。亡父昌幸留下来的战略，正是"相机行事"和"见缝插针"八字真言。

万幸的是，幸村竟然觅得一片甚合口味的宝地，筑了出丸。

（只要有了那个出丸，就会万事大吉。）

真田丸内可以看到向井佐助的身影。

每天都会有草者来到真田丸，帮幸村和阿江保持联系。

第拾伍话

幸村不待伊木说完，立刻问道："是不是向井佐平次？"

十一月十日，将军德川秀忠抵达了伏见城。

井伊直孝、本多忠政、松平忠直等关东诸将纷纷去宇治、淀、鸟羽、桥本等地扎营，拱卫京都、伏见。大坂城的西军再无偷袭之机。

东军的先锋部队开至大坂城南的天王寺地区附近，全无止歇之势。接到禀报，二条城内的大御所德川家康急忙喊停。

"务必要等将军下令再行动啊！"

家康比将军秀忠先到，但进行部署时总会暗示一切皆是将军之意，凡事都给秀忠留些颜面，跟关原之战时截然不同。

抵达伏见的次日——十一月十一日，德川秀忠来到二条城谒见父亲家康。

秀忠很是紧张。关原之战的窘态，让这位素来谨慎冷静的将军难以忘怀。

东海道上，他疯狂急奔，哪知来到名古屋时竟收到了家康的呵斥，这才勉强放缓速度。

"孩儿来晚了……"

秀忠立刻俯身行礼，脸都白了。

"何出此言。"家康欣然摆手，笑道，"幕府的政务都要靠你嘛。"

"是。"

秀忠这才宽慰了些。家康摊开巨幅地图，阐述布阵的情况。秀忠则汇报了江户的情况。

家康问道："后天——十三日，我们就去大坂，如何？"

"孩儿遵命。"

"当真？"

"当真。"

家康征得将军同意，立刻命藤堂高虎、山内忠义、本多忠政、锅岛胜茂等一众将领朝摄津国的天王寺地区进兵。

各部队将从奈良杀向大坂，要不然就沿生驹山地之西绕至北河内地区，从河内平原西部监视大坂，渐渐向该城聚拢。

确切说来，战火尚未点燃。

月余之前，大坂方面突然行动，不但攻下了堺地区的奉行所，更欲攻下片桐且元的茨木城。且元大惊失色，忙向京都所司代板仓胜重求援。胜重命丹波地区的诸将出手相助。然而，那都只是小打小闹罢了。

眼下，大坂方正全力防守。

真田幸村去大坂城总构南侧建造出丸一事，德川家康自然早就得知。而那个"真田丸"是何等规模，又有何等防御，家康同样一清二楚。他的消息不光来自忍者。他甚至都知道了真田幸村和伊木七郎右卫门的兵力。

别说真田丸，就算是大坂城内众人的一举一动，都有人告诉家康。大坂城内的丰臣家之家臣里面，不乏通风报信之辈。事后，一度有人慨叹当时的大坂城就犹如关东间谍的老巢。

听闻"真田丸"的消息，德川家康一脸惊讶，却没太当回事。从地形和构造来看，这出丸不足碍事。只要东军进攻，一下子就会将之踏平。

却说将军秀忠从二条城回到伏见城，着手准备后天的出征。

是日午后，大坂城总构"船藏口"木门的卫兵拦下了一名陌生男子，将此事禀报伊木七郎右卫门。

来者自称是真田左卫门佐大人之臣。

伊木亲自见了那名远道而来的男子，跟着便去了真田丸的阵屋。

夕阳西下。真田丸中设有供士兵暂住的阵小屋，而幸村的阵屋则位于出丸北侧的斜面一角。四间见方的木板屋顶下铺着木地板，上有草席供人歇息。只有城内召开会议时，幸村才会回二丸的府邸沐浴，平时则下榻出丸阵屋。

伊木七郎右卫门走进幸村的阵屋，说道："船藏口木门的卫兵拦下了一个男子，对方自称是你的家臣……"

"就他一个人？"

"正是，名唤……"

幸村不待伊木说完，立刻问道："是不是向井佐平次？"

"正是！"

"哎呀，烦大人快快将他带来。"

"好。"

幸村望向一旁的高梨内记，笑道："是佐平次来了呢。"

“他竟然真的离开了沼田……”

“是呀！”

幸村又惊又喜。伊木七郎右卫门刚一说出有自称幸村家臣的男子来了，幸村便想到了佐平次。然而，幸村的嘴角忽又挂上一丝苦笑。

高梨内记不觉叹道：“真不愧是向井佐平次呀……”

“内记。”

“您说。”

“佐平次有五十好几了吧。”

“大概是吧。”

“唉……”幸村闭上双目，说道，“把向井佐助喊来。”

“是。”

“总要先让人家父子相见才是。”

“明白，我这就去。”

高梨几乎是跑着离去。

向井佐助这天刚好没来真田丸，但那里另有两名草者，故而有办法联系上他。

“来人啊，”幸村吩咐候命的士兵，“掌灯。”

烛台上的大蜡烛亮出光芒之际，阵屋外面来了好几个人。

第拾陆话

伊木七郎右卫门踏上阵屋的泥地，回头指着一人说道："就是他了。上前来。"

"是。"男子单膝跪地，对真田幸村说道，"大人，佐平次来投奔您了。"

正是向井佐平次。

伊木如坠雾中，直愣愣瞪着佐平次，不明白这家伙的态度何以竟若无其事。

幸村沉默不语。他背对着两个烛台，大家都看不清他的表情。佐平次放下背上的行装，背对着幸村坐下，脱掉草鞋。伊木七郎右卫门和随行的两名士兵皆是目瞪口呆。

只听幸村说道："伊木大人，有劳了。"

"唔……人没错吧？"

"不错，正是向井佐平次。"

"那就好……我先告辞了。"

伊木带着两名士兵离去。向井佐平次踏上木地板，伏地行礼，仔细打量着幸村的脸庞。自关原一役之后的上田城一别，主仆二人足足有十四年没见面了。

片刻后，佐平次开口说道："您胖了些。"

"佐平次，你瘦了。看来兄长那儿吃得不大好啊。"

"大人是否料到我会前来？"

"这……"

"尚望大人回答。"

"答了又如何？"

幸村反问道。佐平次沉默了。

见状，幸村点了点头。

"大人，容我收拾一下行装。"

"好。"

佐平次走向房间角落的架子，开始拆行李，仿佛这十四年里他从未和幸村分开一般。幸村凝视着他的背脊，一动不动。

（这家伙，竟都不问问儿子佐助……）

此时，高梨内记回来了。他瞥见架子前的佐平次，一时竟然没认出来。由此不难想知佐平次的举动是何等平静，何等自然。

佐平次一度跟幸村形影不离。这对主仆十四年不见，却全无感动之态，两人皆是一副理所当然的模样。

"刚刚派草者联系佐助了，最迟明早便回。"

"好。"幸村去铺有草席的房间坐定，望向架子前的佐平次，说道，"内记，向井佐平次来了。"

高梨内记登时一惊，讶道："啊？"

只见佐平次回身说道："高梨大人，好久不见了。"

幸村哈哈大笑。

青柳清庵和五六个熟知佐平次的真田家旧臣纷纷来到。关原一役之后，众旧臣甘当浪人，天各一方，指望着草者的联络，静候着幸村的翻身之日。目前共有一百五十几名旧臣来到了真田丸。

"佐平次，一路辛苦喽！"

"不愧是佐平次啊！"

"真是没想到……"

"你竟然真的溜出了沼田！"

向井佐平次被旧臣们团团围住。众人每赞叹一句，佐平次便微微点头。佐平次没有固定的官职，只是幸村的跟班罢了，但旧臣们都对他敬重有加。

"大人，可否暂借佐平次一用呀？"

青柳清庵说道。

各位相熟的旧臣都来到总构的空屋里面，打算设宴款待佐平次。

"当然。"

"谢大人！"

这时，另一位旧臣说道："佐平次，屋里有热水，你快去放松放松吧。"

向井佐平次的脸上这才浮现出欣喜的笑容。五十一岁的佐平次白发渐多，头发也少了，脸庞与身上尽是路途带来的尘土。

"去吧，佐平次。"

"那我就先告辞了。"

"要喝个痛快哦。"

佐平次取出换洗衣物，被旧臣们环绕着从阵屋离去。

"没想到啊，"高梨内记叹道，"佐平次都老了……"

"那是当然。十几年不见，佐平次见着我等，亦是大吃一惊。"

"是啊……"

"人呀，总是看不清自身的变化，却不会忽视别人的变化。"

"大人说得甚是。"

"但是，女子就不一样了。"

"啊？"

"就说阿江吧。跟十四年前相比，你看她有何变化？"

"这……阿江又不是寻常人。"

"你可派人将此事通知阿江了？"

"那当然了。"

"那便好。"

"大人……"

"嗯？"

"莫非大人之前觉得佐平次不会来大坂？"

"方才佐平次问我了……其实我没底啊，只是总觉得他会来吧。然而他真一来，我又愁了……"

"这话怎讲？"

"我左卫门佐尚未报答佐平次的恩情呢……"

幸村说到一半，不禁语塞。莫非他有难以启齿之事，无法对高梨内记明言？

须臾，幸村又道："就算我让他回沼田，只怕他也不肯走了。"

"哪有让他回去的道理啊。"

"是啊……"

高梨内记一语道破，幸村只得苦笑。

跟幸村同生共死，是年逾五十的佐平次唯一的人生价值。幸村一直没让佐平次出人头地，只是指使他做这做那。当然，佐平次本人根本就不求那一官半职。

关键时刻，佐平次果然来了。

向井佐平次追随幸村，不求身份，不求俸禄，皆因他觉得这些都是身外物。

佐平次年轻时便目睹了旧主武田家的灭亡，继而跟父母手足生离死别，无依无靠。信州高远城失守之际，他不啻是去鬼门关走了一圈。幸好阿江和故去的壶谷又五郎硬生生将他拉了回来。

"复活"后的佐平次看破红尘，无欲无求。正因当年的他只有区区十九岁，才使这一切有了可能。

人生苦短。权势和权势带来的荣光，只是未来的过眼云烟罢了。

捡回一条小命的佐平次脱胎换骨，顺势当了真田幸村的侍从。幸村自幼就把佐平次当胞弟看待。对重生后的佐平次而言，幸村犹如血亲。

第拾柒话

好一个热血男儿，确实不愧是名门之后。

深夜，向井佐平次回到阵屋，真田幸村都卧床睡了。

木板房和草席房间都竖有木板屏风。幸村睡的是草席间。

阵屋附近有放哨用的小屋，真田家旧臣两人一班，轮流看守。

只消幸村开口，便会第一时间执行指示。

佐平次对小屋中人说道："辛苦了。"踏进阵屋。

佐平次要去木板房的角落就寝。

他的酒量本就不好，再加上众人不断劝酒，结果就喝醉了。

佐平次铺床时，顺便对彼端的幸村低语道："大人……"

屏风缝隙中漏出油灯的灯光。

幸村若是醒着，佐平次便想再行问候。

"回来了呀。"

幸村果然没睡。

"是，抱歉，回来晚了。"

"沐浴没有？"

“是。”

“爽快些了吧。”

“谢大人……”

“喝醉了？”

“有些……”

“那就快快睡吧。”

“好的。”

“好好歇息啊，佐平次。”

“是。”

主仆二人的对话跟十四年前无异。

“大人……”

“嗯？”

“夏天时，樋口角兵卫大人来沼田了，您是否知道这事？”

幸村默然片刻，答道：“嘿，果然去了沼田……兄长接见他了？”

“是的，实不相瞒……”

幸村不欲再听，打断道：“罢了，睡吧，明天再细说。”

“好……”

“睡吧。”

“那我就失礼了。”

佐平次一躺下，剧烈的疲劳便将他攫住。

“佐平次。”

“是。”

“明天呀，佐助和阿江都会来的，所以你要休息好。”

佐平次没有回答。

翌日午后，向井佐助来到真田丸。

幸村一早便离开阵屋，命人将出丸南侧一间高的土居的双层栅栏加固成三层。这事情大概是昨晚才想到的。幸村仔细勘察南侧的壕沟和土居，算出了栅栏和栅栏之间合理的间隔，这时却又命人将一部分双重栅栏推倒变成三层。

前来施工的士兵和工人们不免有些议论。

"好麻烦呀……"

"真有用就好了……"

这倒不是抱怨，亦不是反感。而是他们觉得栅栏的间隔就算有半间、一间的区别，又如何呢？所以他们才会质疑幸村的细致指示。

高梨内记和青柳清庵这些旧臣都跟着幸村出门，阵屋中只剩下向井佐平次。佐平次取针线，给幸村缝补贴身衣物。那熟练的手法，真不像个年逾五十的男人。

这时，佐助单独进屋来了。佐助的脸背着光，看不清楚。

佐平次回头望去，一时竟没认出三十出头的儿子，问道："你是？"

佐助却一眼认出了他，说道："父亲……"

"哎？"

佐平次手中的细针落地。

只听佐助问道："父亲，您莫非是瞒着母亲从沼田溜出来的？"

向井佐平次站起身来，瞪大双眼，微微摇头。

（他……他就是佐助？）

好虚幻的感觉。

两人分别时，佐助才十六岁。三十出头的壮年男子突然现身眼前……

佐助倒对十四年前的父亲有些印象。

"父亲。"

"唔……"

"父亲没太变呢。"

"是吗……"

"母亲和妹妹可好？"

"嗯……"

按说这父子俩本该执手凝噎才是，但二人别说泪流满面，笑脸都没一个。

佐平次有些狼狈，跑去架子前取来行李。佐助默默看着父亲。阵屋外，工人和士兵热闹异常，他们正忙着搭箭楼。这同样是幸村今早的指示。

"佐助。"佐平次整理着行装，第一次喊出儿子的名字，"来……"

"是。"

佐平次掏出一个布包，放到佐助面前，说道："这是你娘给的。"

"是。"

佐助打开包袱一看，却是两套麻布内衣和一袭灰色小袖。小袖上绣着向井佐平次的家纹——圈上两横。

佐平次之妻、佐助之母茂枝到底是何时准备好这些衣物的？佐平次直到动身离去的前夜，才被茂枝追问出他的意向。那个晚上，茂枝和他进行了阔别甚久的房事，自然没有做衣服的闲暇。

就是说，茂枝早就准备好了那几身衣服，只待佐平次去大坂交给佐助。

"谢谢母亲……"

佐助深受感动，拿着衣物，紧紧贴到胸口。

此时，真田幸村带着儿子大助回到了阵屋。大助住进了幸村的二丸府邸，每三天来真田丸一次。向井佐助挥别父母前往纪州九度山时，正跟眼前这位真田大助幸昌的年龄相仿。大助个头甚高，跟当时的佐助完全不同。

幸村介绍道："这是犬子大助。"

"大助有礼了。"

大助毕恭毕敬问候佐平次。

"是小主公啊……"佐平次立刻伏地行礼，这是他第一次见到九度山降生的真田幸昌，"属下是向井佐平次。"

"一路辛苦了。"

"谢小主公。"

佐平次一脸难以置信的表情。幸村身材矮小，儿子大助却如此魁梧，想来该是继承了其曾祖真田幸隆的优点。

幸村身着洗褪了色的衣物，绑着衣角，腰间没有佩刀，光脚着草鞋，倘若站到田间，便是一副温和百姓的模样；但他只要披挂出阵，便是另一番景象了。

仪表堂堂的大助幸昌亦是身着便装。他双眸漆黑透亮，嘴角笑意凛然。

好一个热血男儿，确实不愧是名门之后。

突然间，向井佐平次暗暗立誓要舍身守卫这位小主公，亲儿子佐助都不曾蒙他如此感怀。

第拾捌话

此人绝不逆势而行，就犹如河面上的一片树叶，总是顺流而下。祖父和父亲的没落，让他自幼便尝尽辛酸，颠沛流离。

京都二条城的德川家康把出征日期从十一月十三日推至了十五日。

——十三日不是吉日。

他似乎是听取了天海和崇传这两大高僧的意见。

实际上，这当然不会是唯一的缘由。

十三日那天，从江户前来的老臣本多正信将会抵达京都，次日进二条城拜谒阔别许久的家康。家康常说佐渡守本多正信不是他的家臣，而是老友。

本多正信是年七十七岁，早就让儿子正纯继承了家业，他本人则隐退江户的府邸，悠闲度日。然而，这只是表面情况。正信虽然是隐退之身，却一直帮将军秀忠和大御所家康保持联络，以现任将军老中的身份确保政坛稳定，避免江户和骏河间出现半点空隙。

目前，将军和大御所都离开了德川幕府的大本营，仿佛是重现了关原之战时的情况。然而，这一次的情况跟十四年前实有着天大不同，最重要的区别就是德川家的威望再难动摇。关原之战打响时，东北的上杉景胜尚未低头认输。一旦德川幕府的形势不佳，立刻就会有一大批人投向西军。

德川家康一旦离开江户，该城便有被攻击的可能。家康当然明白这一点，却硬是横下一条心，豁出去了。旁人眼中的家康暂且不论，家康本人确实是带着不成功就成仁的觉悟。他没有兵力上的优势，更没有必胜的把握。

但是，这一次不一样了。家康浑身上下都洋溢着自信，甚至不打算躲到战阵后方运筹帷幄，而要以七十三岁的高龄冲到战阵最前！

——就算我不幸阵亡，德川家的天下都不会轻易土崩瓦解。

家康拥有这样的自信。大坂之役固然是要继续稳固德川家的江山，但此番的家康明显比昔日从容。

将军出征之后，江户和关东地区该如何运转？家康早就向将军秀忠和本多父子下了一系列指示。正信这次前来，正是要禀报结果。正信比家康年长四岁，不但一路策马从江户赶来，禀报之后更会把家康的最新指示带回江户。

说到这里，我们再来看看久未谋面的泷川三九郎吧？

三九郎是织田信长手下大将泷川一益之孙，名唤一绩。关原一役之后，他娶了真田昌幸和阿德之女於菊。再然后，他当了伯耆国米子城主中村一忠的家臣。中村家那次腥风血雨的家门之争，这里就不赘述了。而后不久，三九郎的叔父泷川一时突然离世，幕府便安排他继承了叔父的家业。

叔父一时留下一个两岁的男孩，名唤一乘。只因他是侍妾所出，所以一直没告诉幕府。众亲戚商量之后，觉得让三九郎继承一时的家业较好，等到一乘长大成人再让回便是。

他们立刻将这一方案上报了幕府。倘若再耽搁几年，只怕这一招就不好使了。

总之，泷川三九郎目前是德川家的旗本，俸禄一千七百五十石。

这一年，泷川一绩三十九岁，妻子於菊三十一岁，叔父的遗子一乘十三岁。夫妻二人相濡以沫，可惜一直没有孩子。幸好家业早晚要让给一乘，不用担忧泷川家后继无人。

三九郎是德川家的旗本，却不想跟着出阵，盼着留守江户。当时，他尚未想到大舅子真田幸村会去大坂城，只是厌恶战争罢了。他的口头禅便是："没有比战争更无聊的事了。"

然而，出征命令总归是来了。

所以他便笑着说道："那好吧，权当消磨时间去了。"

此人绝不逆势而行，就犹如河面上的一片树叶，总是顺流而下。祖父和父亲的没落，让他自幼便尝尽辛酸，颠沛流离。

生活促使他开拓出一片只有他本人才明白的自由境地。

"为夫去去便回。"

三九郎若无其事地挥别妻子，跟着将军秀忠来到伏见城，哪知竟又成了大御所家康的使番——传令兵。

第拾玖话

随将军秀忠去伏见的路上，泷川三九郎便听说了真田幸村的消息。

然而，三九郎没有觉得惊讶。

（果然……）

会出现这样的情况，亦是理所当然。唯一想不到的是，抵达伏见的当晚，他就接到担任家康使番的命令。

翌日，他跟着将军秀忠来到京都的二条城。

泷川三九郎是一千七百五十石的旗本，路上带着士兵、足轻和家仆共二十人。既然当了使番，开战后他便要片刻不离大御所家康身畔。若三九郎需要持刀枪杀敌，那就表明敌军杀到了眼前。倘若情势真的如此危急，家康无疑难保周全。

三九郎的家臣们纷纷议论道："不会真出现那种情况吧……"

三九郎却淡然说道："这个嘛，世事难料。"

曾几何时，他曾对妻子於菊说道："自信掌握天下大势之人，真是何等浅薄。"

这便是泷川三九郎的哲学。此人从不逆流，只知道逆来顺受，是以旁人都觉得他非常悠闲。但是，他只是看上去全无主见罢了，实则不然。

日后，三九郎将以实际行动向世人证明这一点。

十一月十一日，将军秀忠去二条城见了父亲家康，当天傍晚返回伏见。

秀忠打扮成小姓的模样，混进他带来的十几名小姓之中，就这样回到伏见。十来个武士骑马踏上竹田街道之际，又有谁会想到那里面藏有将军的身影？

路人们自然都没认出。

秀忠一踏进伏见城，其中一个小姓便返回二条城禀告秀忠平安抵达的消息。

秀忠的坐轿里面，坐着本多正信之子正纯。正纯大张旗鼓前往伏见，沿途的火把灯笼让四下里一如白昼。

何以如此？皆因家康和秀忠密谈之时，竹田街道上捕获了好几个可疑之人。

需要说明的是，这些可疑者不是真田草者。

大御所家康上洛时没有就自身安危进行特殊指示，直到秀忠接近京都，他才命人加强京都、伏见一带的警备工作。

"好好审问他们。若是清白良民，便放了吧。举凡可疑之人，但抓无妨。"

家康对后继之人的安危便是如此重视。

眼下，德川家康被"打倒丰臣家"的欲望振奋，积极指挥战备，身子骨甚是健康。然而，正所谓人生七十古来稀，谁知道何时便会有不测降临？

家康的医术造诣颇深。身子不爽时，他便会亲自配药服用。

"我的身体，只有我最清楚。"

他当然自知身体不再像关原之战时那样年轻，却坚持要去最前线指挥攻城。

二条城中，家康向秀忠坦言了他的想法。

秀忠大惊，忙道："这哪里使得！"劝家康留守后方，运筹帷幄，甚至自称该冲在前面奋勇杀敌的是他本人。关原之战时的失策，让他立志抓住这次机会立功。

家康不禁责道："堂堂将军，竟如此沉不住气！"

秀忠肩负重责。家康死后，天下便全靠秀忠治理，所以他万万不可白白送死。父子俩支开旁人，争了许久。东海道上的秀忠之所以狂奔，不光是担忧再次上演迟到惨剧，更是怕父亲不待他抵达便亲自出阵，唯恐有何万一。因之，他不惜几番派使者打听父亲动向。

家康和秀忠之中，一定要有个人率先冲锋，否则便会影响军心。关东方面的总帅是将军秀忠，但若由家康替他出手，天下间谁敢不服？而秀忠亦是斗志昂扬，但求手持刀枪，杀进敌营。家康口中的"沉不住气"便是指这个而言。

秀忠犹未忘却关原之战时父亲家康的意志。

——赌上德川家的沉浮！

现下，该由将军替老父出头了。一直对父亲唯唯诺诺的德川秀忠，此际竟跟父亲争得面红耳赤。

期间，朝廷敕使和公家的使者不断前来，家康和秀忠都是好生忙碌。

黄昏时分，这对父子的密谈总算有了结果。秀忠回到伏见。

第贰拾话

男儿就要死出价值，才不枉来人间一番！

十一月十三日，家康和秀忠推迟了当日的出征。

秀忠不肯接受前日密谈的结果，又派重臣土井利胜去二条城劝说家康。

他们谈了好久好久……

东军先锋没收到家康和秀忠的军令，便擅自离开了天王寺，渐渐向大坂城聚拢。监军好容易才拦住他们。结果，这些先锋都到了大坂城南不到一里的位置。

家康尚未下令，兵力更尚未集齐，自然无法进攻。但是，眼看着前方一里便是西军老窝，将士们不禁热血沸腾。西军见状，更是没日没夜加强城防。

十三日的夜里，草者阿江来到了真田丸。她听说了向井佐平次抵达的消息，一进真田幸村的阵屋便瞥了佐平次一眼，全然不见惊讶之态。

"嘿……"她点头笑了一笑，说道，"佐平次，你来啦。"

佐平次一时怔住，半晌没挤出一句话来。

那天早晨，佐助离开了真田丸，阵屋里只剩下佐平次和幸村两人。

"听说你见着佐助了？"

"是的……"

"你老婆竟然真让你来啦。"

"嗯……"

看到佐平次只会点头不会说话的样子，一旁的幸村哭笑不得。

阿江一身百姓打扮，头发、脸庞、衣裳上满是尘土。

佐平次茫然望着阿江。

"佐平次？"

"唔……"

"说句话行不行啊？"

"呃……"

"又不是哑巴。"

"太久没见了……"

"说得是啊。佐平次一来，就觉得踏实了呢。"

"不，不……"

时隔十四年才跟儿子佐助重逢时的佐平次十分平静。然而，这个年逾五十的向井佐平次见到阿江，竟如青涩少年般变羞涩了。

"我们稍后再聊吧……"阿江说着，来到幸村面前坐好，"左卫门佐大人，德川父子怕是要出征了。"

"当真？"

"确认了。"阿江禀告了草者去京都、伏见打探到的情况，又道，"敌方的队伍里面有泷川三九郎大人。"

“有就有吧，”幸村倒没吃惊，只是问道，“三九郎到伏见城了？”

“恐怕是的。”阿江尚未得知三九郎去了二条城的消息，“左卫门佐大人，那件事该如何是好？”

“这……”幸村闭目寻思道，“总帅毕竟是右府大人呀。”

“是的。”

“我之前就说了，这次跟防守上田是不一样的。”

“诚然如此。”阿江点头说道，“要不然，由我去办？”

幸村沉默不语。

“这跟关原之战不一样……”

“我知道。”

“那……”

“给你调五十个人？”

“那就太富裕啦。”

“没关系，事不宜迟。”

“我晚上就去……”

“好，”幸村点了点头，又吩咐向井佐平次道：“把高梨内记、三井丰前和青木半左卫门他们喊来。”

佐平次把高梨等人喊来，便候在屋外。

幸村的阵屋设在真田丸北侧斜面一角，看不见南方的情况，但只要登上出丸南侧的箭楼，便会看见天王寺的东军先锋部队，以及他们点燃的熊熊篝火。

敌军怕是想用火光震慑住西军吧。

“真是无趣……”

“浪费柴火。”

"要烧到何时啊？"

城内的浪人们嗤之以鼻。

然而，敌军先锋毕竟是来到了城南不足一里之地，将军秀忠的主力部队更开至北河内一带。大坂城内奥御殿之人皆是惶惶焦虑，淀君身边的老女和女中们尤其脸色惨白。

——有何对策？

面对东军的动向，淀君坐立不安，三番五次命大野治长召开会议。有时，真田幸村一天内便会两次见到使者。

"速速前去议事！"

然而，幸村近来只出席一半的会议了。就算淀君询问对策，幸村和后藤基次等人的意见亦不会被接纳。淀君和大野治长眼中，幸村这些浪人就只是些佣兵。幸村、基次一旦进言，他们便以"太危险"、"太鲁莽"来反对，拒不接受。

西军总帅丰臣秀赖固然会出席会议，却总是沉默不语。秀赖不是愚钝之人，他只是自知不懂战阵，所以不想插嘴干预。

他对战争确实一无所知，却明白浪人们的斗志昂扬。

向井佐平次的位置可以看见总构的木门、深壕和远方的城墙。城墙以内，篝火熊熊，将士们欢笑不断。这跟三十二年前被织田大军团团围住的信州高远城半点不似。

高远城不是全无胜算，而是生无所恋。而此次来到大坂的浪人们一进城便被该城的"巨大"震住。不光是外观，好些事情都要进了城才明白。

大坂城确实不会轻易陷落！

浪人们亲身确认了这"天下第一城"的规模。

而且，丰臣家召集了充足的守城人员。

"万事俱备！大有希望啊！"

众人皆有战胜的自信。

浪人将士们一度失去人生的意义，见到丰臣家征兵，都觉得白白饿死何如壮烈阵亡。男儿就要死出价值，才不枉来人间一番！一旦大坂取胜，一旦战争结束，他们的武士人生便将得到升华。这份斗志同样跟高远城的守军截然不同。武田家的灭亡是大势所趋，所以高远城的战阵一直被绝望笼罩。

再说守城所需的粮草——

"够吃一年。"

"不，够吃三年！"

（真不知大人会拿出何等奇策！）

佐平次环视四周，不禁热血沸腾。他回到阵所时，阿江都离去了。

不知为何，佐平次顿感冷清。

当天深夜，青木半左卫门和三井丰前率五十名真田家旧臣暗中离开了真田丸。由阿江带路，消失在茫茫夜色中……

第贰拾壹话

"战者，胆也！且看丰臣秀赖和我相比，谁人的豪情更胜一筹！"

十一月十四日，佐渡守本多正信如期抵达伏见，立刻到二条城求见家康。

"你可来了呀！"

见老臣颤巍巍出现，家康忍不住紧握对方双手。两人对望着，都不主动说话。长久以来，主仆二人同甘共苦，此次出征自然让他们感慨万千。听闻正信抵达，家康亲自去了大台所，检查将跟正信共用的食膳。他命人烹制了鹤肉汤，而且亲自试菜。

"不行！太咸了，不合佐渡守的口味！"

菜肴重做了两三次，直至家康满意。由此可知家康对"老友"正信的尊重。就算正信是德川家最重要的老臣，此种待遇亦委实破格。日后，正信听闻此事，竟当众泪如泉涌。纵是其子正纯都讶然表示这是第一次见父亲如此大哭。一听这话，正信死死盯着儿子，斥道："男儿该哭就哭。你就缺这根筋。以后就要靠你辅佐将军了，千万别忘了我的教诲！"

正纯继承父亲正信衣钵，担任德川幕府之谋臣。此次战役中，他将会结合家康和秀忠之意，大干一番。然而，德川秀忠尚未退离将军之位，正纯便不慎失势，被流放到了出羽国，客死异地。佐渡守正信忠告儿子之时，自然想不到他的未来。

父亲走远后，正纯向家臣苦笑道："父亲老喽，变得爱哭了呢。"

却说家康和正信欣然用餐之际，内藤政长之子带刀忽然求见正信。

内藤政长受封上总国佐贯地区，这一次奉命镇守关东，没有随军前来。其子带刀时年十五岁，再三求父亲让他出战。政长无奈，便让他带了二十名家臣和百余士兵来到伏见。内藤带刀一到伏见，便奔向二条城求正信批准他从军。

"岂有此理！"正信勃然大怒，"竟敢违命前来，成何体统！轰他回去！"

家康却道："让他进来吧。"

"主公，使不得啊！"

"无妨，无妨。"

"这次一旦破例，以后如何是好？"

"不碍事。二十年前，哪里想得到咱们会以七旬高龄把酒言欢？这是天大的喜事。如此喜庆之日，别被小伙子扫了兴头。"

"这……"

家康素来重视军规，几乎从不破例，但他这次接见了内藤带刀。

"念你胆量可嘉……"

家康亲自将他编进了酒井家次的队伍。内藤带刀登时大喜。

家康和正信阔别经年，这番得见，欣喜异常。家康非常兴奋，甚至一反常态，痛饮数杯，搞得随行医生很是紧张。

当夜，家康让正信坐上他的轿子回了伏见，又加派百余人从旁照看。

翌日（十五日）早晨，将军秀忠率大部队离开了伏见城。

直到这时，犹有一部分关东地区和奥羽地区的将领尚未抵达。

大军的先锋部队由伊达政宗、上杉景胜、佐竹义宣、酒井家次率众组成。第二阵则是本多忠胜次子出云守忠朝等十四将，其中包括伊豆守真田信之的儿子孙六郎信吉和内记信政。然后是第三阵、第四阵、第五阵……诸将从京都盆地动身，经生驹山地北端，沿淀川拥向大坂城，自北至东，渐渐铺开。

淀川西岸亦然。从片桐且元的封地茨木地区到大坂湾畔的尼崎地区，皆插着东军旗帜。

大坂城成了陆上孤岛。

正午时分，东军总帅将军秀忠"出动"了。

"回到伏见之后，要好生歇息一下。"

秀忠曾如此吩咐正信，哪知七十七岁高龄的正信竟坚持随军出征。

秀忠离开伏见时，大御所家康早就去了木津地区。父亲家康行经伏见时，秀忠命本多正纯随父亲去，以此表达对父亲的敬意。从京都二条城到木津地区，大概有八里路。七小时行八里路，对年逾七十的德川家康来说算是急行军了。然而，家康雄姿英发。

"战者，胆也！且看丰臣秀赖和我相比，谁人的豪情更胜一筹！"

诚如家康所言，战争的诀窍便是士气。

德川家康没披甲胄，而是穿着过膝小袖、无裤、羽织、股引，一身打猎行头，跟离开骏府时一模一样。他拄着樱木拐杖，上了驾笼。五十名半武装家臣随行。

众人举着数面印有德川家家纹的旗帜，沿奈良街道抵达木津。

木津川之南侧，便是山城国的木津地区。从这里向着大和国行一里半的话，便到了奈良。德川家康本打算扎营木津，早就命人搭好了阵屋。哪知一进阵屋，正要歇息时，他又嫌这里太憋屈了。

东军各部陆续抵达木津。马蹄声不绝于耳，山峡间尘土飞扬，好不闹腾。

——如此喧闹，成何体统。都给我安静些！

然而，明天就要开战了，家康不宜如此呵斥大家。但他又想安静下来好生思量思量，只得说道："太阳尚未落山。我们动作快点，去奈良扎营吧。"

吃完茶泡饭的家康尚未更衣。

"快！带五十骑就行了！"

家康说完便坐进坐轿。众家臣慌忙跟上。

尚未到申时（下午四点），晴空万里，阳光和煦。然而，刚一到傍晚时分，树丛中的奈良街道便有了凉意。

坐轿中的家康蒙着头巾。这头巾是家康侧室阿茶局亲手缝制的。

阿茶局是武田家旧臣饭田筑后守之女，本是今川家家臣神尾忠重之妻，而且生下了一个儿子。神尾忠重病殁，她便来到德川家，当了家康的侧室，却没有给家康生下孩子。此妇性格沉稳，才华出众，和一般女子大大不同。就算是佐渡守正信都对她赞许有加。

阿茶局现下年近六十。她没有闭月羞花之容，但是体态丰盈，胸襟宽阔，甚合家康喜好。

家康和正信商量机密政事之时，她亦会从旁献计献策。然而，她从不恃才傲物。

　　阿茶局的贴身衣物都是清洗过多次的旧物，满是缝补痕迹。无论如何天寒地冻，她都坚持不穿足袋。家康亦是不着足袋，所以冬日里脚跟常干裂渗血。

　　家康此际的头巾正是用各种布条仔细拼接而成。他戴着头巾，紧闭双目。今日出发得早，有些乏了。这时——

　　树林中突然出现了持续的枪响。

　　一个抬着家康坐轿的足轻惨呼着跌倒。

第贰拾贰话

奈良街道的上坡一段，两侧皆是树林、草丘。

数匹马被子弹击中，马背上的士兵被生生甩出。

"护住坐轿！护住坐轿……"

旗本山口久右卫门在狂奔不止的马上喊着。

出乎意料。

谁能料到大坂方面的伏兵会潜伏在此？东军已在大坂东侧摆开阵势，西军若是出城，岂有发现不了之理。更何况先锋部队早就到了奈良。

枪响二度，战马嘶鸣。

树丛中突然窜出二十几名半武装的士兵。

"混账！"

"小心！"

众骑兵惨叫着，呼喊着，在受了惊的马上挥舞长枪。

伏兵们一言不发，猛然持枪扑来。

守卫家康坐轿的家臣被树丛中的枪响分散了注意力，队形的侧面散了。从枪声判断，铁炮的数量少不了。而且，子弹都是冲着家康的坐轿和马匹而来。

三四个家臣跳下马，以肉身为盾，挡在轿前。山口久右卫门跌落马背，抽出大刀，斩死一名伏兵。山口背上，分明插着半支箭。这时，数支箭从另一个方向飞来，又射中数人。一时间，又是十余名伏兵自树林中袭来。

家康的家臣们拼死护驾。本多正纯与两百士兵随后就到。但是，家康的人马能否坚持到援兵赶来？两名家臣掉转方向，策马朝木津方向跑去。两支飞箭射中他们的脖子，让他们跌落马背。

街道并不宽。敌我双方展开肉搏，不可开交。

"护住坐轿……"

"快！快！"

足轻与众家臣急于转移家康的坐轿。然而，转去何处才好？又冒出十几名伏兵。他们手持大刀，大吼着冲向家康坐轿。家臣们奋勇抗敌，誓不后退半点。

血战之中，一名骑兵突出重围，奔回木津。

一名伏兵将长枪插进了家康的坐轿。

山口久右卫门不顾背上的箭，以肉身击退伏兵，如鬼神般发挥神力。若后续部队再迟些赶到，后果不堪设想。万幸，本多正纯得知家康仅带五十余人离开木津，立刻率部下跟上。家康这才得救。

伏兵的突袭不到十五分钟便告结束。

见正纯率两百将士急奔而来，众伏兵立刻跳回树丛，消失不见。

正纯大喊道："给我追！一个都别放过！"

此时，德川家康忽然拉开轿门，说道："罢了。继续去奈良吧。"

家康竟然没有受伤。

"主公平安便好……"

本多正纯下马行礼，双膝颤抖，面如死灰。若大御所有个万一，他有何脸面再见将军秀忠？哪怕引咎切腹，都是于事无补。

只见家康怒目圆睁，大吼道："别闹了，动作快点！"说完便合上了轿门。

德川家牺牲了大概十五人，斩杀伏兵二十一人。

部队将家康坐轿团团围住，火速奔向奈良。两名骑兵沿奈良街道返回木津，通报此事。大家甚至无暇收拾敌我双方的尸首。

冬日的夕阳笼罩着奈良街道，散乱一地的人马死尸飘散出血腥味。

第贰拾叁话

"关东那些人，怕是觉得我们草者死绝了吧。"

寒冷的夜色中，草者阿江孤身疾行。

突袭德川家康的队伍，正是前天夜里偷偷溜出真田丸的士兵。他们都是幸村的手下。虽有二十一人牺牲，但剩下的三十余人皆全身而退。

阿江独自殿后，确认突袭成果之后，回到了真田丸。

突袭小队没有带回家康的人头，从这个角度看，行动确实是失败了。然而，预计的目标总归是实现了。

尚未实际对阵，家康和关东大军便受到了打击。

"唉……"阿江注意着四周情况，边走边叹，"换了是十四年前的我，准不会让家康活着离去……"

关原大战时，她曾孤身到长良川的舟桥伏击家康。这一次，她虽然带了五十来个同伴，却没有直接冲上，只从旁用弓箭助阵。何以如此？她为何不像十四年前那般，直接攻向家康的坐轿？

第一个缘由是，她肩负重任，需要指挥幸村交给她的这些人。

第二个缘由是，她自知身体状态不比十四年前。关原之战时的阿江，正值女忍者的巅峰时刻。旁人眼中，阿江似乎没变，实则不然。阿江都活了快一甲子了，自然不会再如当年那般神勇。

关原之战时的阿江，震惊了草者甚至甲贺和伊贺的忍者。纵然是拥有超人般能力的忍者，都被阿江吓得瞠目结舌。

往事一去不返。

彼时的阿江一跃而上，持短刀冲向家康坐轿。那把短刀，凝聚了阿江的全部。能做到那种效果，她本人亦是始料未及。

（罢了，尽力了……）

黑暗中的阿江唯有放弃。

战死的同伴中，有一名是草者。幸好青木半左卫门和三井丰前都平安无事。

这一次的突袭，本是冲着木津的家康阵屋而去。向井佐助侦察时，察觉木津的东军阵营中明显有家康的阵屋。就算那其实不是家康的阵屋，但掐指算来，离开京都二条城的家康肯定会到木津以北扎营。

不料家康天没亮就出了二条城，尚未日落便抵达木津。向井佐助见家康进了阵屋，便向生驹山东山脚下林间的真田部队报了信。

——好，一切正如所料！

阿江立刻将五十余人分成两队，让草者带着大家沿山谷奔向木津。

包围大坂城的东军皆来到生驹山西侧的河内平原，但是，警备尚不周密。

“关东那些人，怕是觉得我们草者死绝了吧。”

阿江苦笑着对佐助说道。

关东的忍者，哪里是好惹的？倘是昔日的甲贺忍者，绝不会有如此疏漏。

（现下的甲贺嘛，再没有猫田与助那种人喽……）

阿江不确定与助是否死了，但三年前中山峠一见，对方确实老态毕露，看样子命不久矣，此际该是死了。

阿江命向井佐助和曾根十藏做好撤退准备。袭击家康后，需要撤回被东军包围的大坂城。那个时候，太阳估计早就落山了，所以需由草者带路。

曾根十藏很想去跟着突袭，但阿江坚持不准。十藏再三恳求，亦是无效。

向井佐助倒是淡然接受，踏踏实实说道："遵命。"

他从未对阿江的指示表现出半点不满，这一点深得阿江喜欢。

（佐助才是真正的草者。）

阿江跟壶谷又五郎是如何完成任务的，佐助自幼便从旁瞧着。他对这两人绝对信赖。就算某些命令一时无法理解，日后亦会渐渐懂得其中深意。

来到木津一带之后，阿江带着另一名草者去打探情况。突袭部队埋伏进了木津西南方的山林。

德川家康的确进了阵屋。

（很好，等到天黑了就……）

阿江会先去阵屋纵火。摸进敌营搞小动作，对她而言易如反掌。只要阵屋燃烧，大家便顺势突袭。

哪知德川家康竟又坐轿离去！冷静如阿江，亦不禁乱了阵脚。万幸，大家的潜伏地点挑得挺好，离实际的突袭地点不算太远。

“快！”阿江带草者全速撤回，说道，“家康的坐轿朝奈良去了，别等夜晚了，我们这就动手！”

结果，如前所述。

阿江渐渐靠近大坂城。河内平原上，东军各部队的篝火将天空照得透亮。跟昨晚截然不同。来到生驹山的小路时，她看到了向井佐助。

“大家都平安吧？”

“都平安回城了。”

“佐助，你是特意折回来等我的？”

“是的。”

向井佐助正是当打之年。倘若需要，日行五十里路都不算问题。

“您来得真快。”

“唉，累坏了……”阿江苦笑道，“以前呀，这点路只是小菜一碟。”

“您说笑了……”

“走吧。”

“但是……好遗憾啊。”

“险些就得手了。倘若木津的援兵再晚些来，我们就会带回家康的脑袋。”

这话不是不甘，而是事实。阿江险些丢下弓箭，持刀枪冲上前去。无奈本多正纯率两百余人出现，谁都没办法了。阿江只好咬牙下令撤退。

第贰拾肆话

破晓时分，阿江和佐助回到了真田丸。

真田幸村等他们好久了。

"干得好！"幸村赞了阿江一番，"快歇歇，累坏了吧。"

"我就是点儿背……"

"哎？"

"眼看着就要……"

"无妨，反正足以吓得家康一身冷汗了。"

"是。"

"那就行了，"幸村微笑道，"我之前就说了嘛，这次跟关原之战不一样。"

"是的。"

"不，不光是关东和大坂，包括我幸村都跟以前不一样啦。"

阿江正容听着，向井佐平次和佐助父子则是面面相觑。此时，房内尚有高梨内记。

　　"此番绝无胜算。不，不该说完全没有，但恐怕你们都知道了，大坂没有总帅。"幸村分析道，"右府大人的总帅之衔有名无实，凡事皆由淀君和大野治长裁夺。从他们的角度来看，这实是情理之中。他们畏惧死亡，畏惧失去这大坂城，凡事皆谨小慎微。如此态度，又如何纵横战阵？"

　　幸村的话音中全无怒意。

　　——胜机都消逝了。

　　难道幸村要顶着这种不利的形势出阵？正是。

　　"何况，就算拿下了大御所的脑袋，关东亦不会群龙无首。"

　　家康的后继者——将军德川秀忠——正当壮年，器量固然难比老父，却继承了家康的谨直和威风。经由各位重臣的辅佐，将军不断完善着幕府的体制。

　　而且，秀忠生下了后继者，第三任幕府将军早就有了人选。那便是秀忠的次子竹千代——日后的德川家光。竹千代虽然才十一岁，但正值壮年的父亲和伟大的祖父均未谢世，而是联手给他铺平了掌权大道。德川家康正是因此才敢抱着死志，以七十三岁的高龄上阵。纵然他不幸殒命，亦没有后顾之忧。

　　万一有何变故，该如何料理后事、如何继续行军？这些问题，家康早就对将军秀忠和本多父子等重臣讲了无数次了。

　　反观大坂的丰臣家……

　　二十二岁的秀赖当然不是愚钝之人，怎奈年龄尚轻，又无实战经验。那他是否具备政治家的才华呢？这就无从知晓了。要知道，秀赖之母淀君不让儿子接触一丝风雨，所以秀赖自幼生长的环境跟政坛全无关联；就算长大成人之后，都难以算是丰臣家"名副其实"的主人。

秀赖有个孩子，却不是正室千姬所生，而是他和一个侍女（某家臣之女）的孩子。淀君不想看到这对母子，强迫他们去了别的地方。就是说，秀赖和侍女生下的那个男孩谈不上是丰臣家的继承人。

那丰臣家的家臣情况又如何呢？一看便知其后劲不足。加藤清正、浅野幸长这样的重臣相继死去，而他们的继承人则纷纷倒向关东。好容易想到个片桐且元——这个人的本事姑且不论，却又被主家抛弃，黯然投敌。总之，丰臣家的家臣确实无法跟人才济济的德川家相比。

丰臣家的重臣自大野治长以降，皆是太阁秀吉亡故后才受到重用之人。

——这一役的胜负暂且不论，光看两家的势头，便当知晓一二。

眼下，真田幸村只得仰赖杂牌浪人部队，靠蛮力抵挡浩浩荡荡的敌军。万幸浪人们斗志昂扬。只要撑上半年，德川家康就唯有变招。

"关东大军都攻不下大坂城呢……"

"幕府这下子没的玩喽……"

到了那时，天下一定会议论纷纷。而且，一旦变成了持久战，关东方面的将士们便会难以招架，诸大名的动向自然就会乱套。德川家康不会硬撑着继续打，是以便会主动休战，认可丰臣家的存续。而丰臣家则会乘机开出不错的条件，结束战争。这是丰臣家的唯一希望，更是淀君和一众家臣致力的目标。

西军无意杀奔江户，靠军事实力打垮德川幕府。

真田幸村叮嘱阿江，战争开始之后，就不要再用草者搞突然袭击了。昨日的战前突袭，只是想让大意轻敌的关东方面瞧瞧西军的斗志罢了。若顺便带回了家康的头，自然甚好，但没有亦是无妨。他们想要的，就只是率先下手，看看敌方的动作，继而再由幸村堂堂正正率兵出击，正面迎敌。

幸村要替亡父昌幸一展真田氏的军略。

关原一役，昌幸和幸村父子无法大展拳脚。父亲黯然离世，令幸村遗憾终生。他们若要暗杀家康和秀忠，幽居九度山时就下手了。然而，一旦动用草者暗杀，就无法让天下人知晓真田氏的杰出战术。这一点，就算幸村不说，阿江亦懂。所以她才不让向井佐助和曾根十藏现身突袭部队。

"你们都听明白了吧？"幸村望向高梨内记和佐平次父子，说道，"战争，就要开始了。"

"是。"

向井佐助立刻点头。

阿江含笑望着佐平次。只见佐平次红着脸，垂首不语。

第贰拾伍话

十一月十六日早，将军秀忠将本营从枚方挪至河内地区的平冈——生驹山西侧山脚。昨晚，阿江和佐助正是从这里回到了真田丸。

平冈以西三里，便是大坂城了。秀忠纵目望去，一时热血沸腾。

是日，德川家康来到了奈良法隆寺的阿弥陀院。他要稍事歇息，静待军队将大坂城完美包围。

关东各部队的战旗和马蹄印渐渐覆盖了河内平原。水军方面则有九鬼长门守（志摩国鸟羽地区，三万石）的六艘大船和五十艘快船封锁大坂湾。

此时，京都甲贺山中忍者的忍宿里出现了一位客人——下忍忠五。

他是来通知迫小四郎打点行装的。

"何事？"

"头领大人要见您。"

近来，忍宿里没再看到头领伴长信的影子。

"头领大人去哪儿了？"

"平冈。"

"啊……"

"小的给您带路。"

"等等。"

挂川威光寺来的慈海和尚正下榻忍宿二楼，这里暂时成了他的大本营。打扮成各种模样的忍者进进出出，将情报告知慈海，再带着慈海的指示离去。

街坊邻居当然无法察觉这些忍者。然而，看守忍宿的迫小四郎分明体会到了将要开战的紧迫感。来这里联络的忍者之中，颇有些面孔是小四郎不认识的。看来，暗中活动的不光是甲贺忍者，亦有伊贺的忍者。

慈海和尚很喜欢迫小四郎，夜夜都要跟他小酌，而且总是让小四郎给他揉肩敲背。

慈海和尚总是叹道："老衲不曾研习忍术，这下子真是累死了啊……"

来报信的忠五带着伴长信给慈海的密信。小四郎将信拿到了二楼。

"唔……"慈海扫了一眼，点点头道，"小四郎，你只管去吧。"

"不碍事？"

"别担忧我。"

慈海来时，带了两位僧人装扮的忍者。而且，下辻作兵卫这一天亦未离开忍宿。昨日夜间，来此通风报信的忍者络绎不绝，算算竟有四人。

小四郎不知道消息的具体内容，却明白出了大事。

——对方莫非有何异动？

忍者们带回了大御所家康被大坂方面偷袭的消息，但慈海一直没将这事告知小四郎。昨夜，慈海和尚命小四郎备酒。小四郎带着酒走上二楼。

"放那儿吧。"

慈海肃然说道，两名部下均是脸色煞白。

"告辞。"迫小四郎低头行礼，便待离去。

只见慈海和尚摇了摇头，闭上双目说道："别忙啊，老衲正盼着你留下聊聊呢。人手不足了……"

关东方面的忍者正忙着调查各个出征大名的动向。听说大坂城内对真田幸村评价不是很好，颇有人怀疑他会暗中联系支持幕府的兄长信之。同理，关东方面不会放松对旗下各位大名的警惕。

尤其是广岛城主福岛正则。幕府虽命其留守江户，但正则之子福岛正胜和重臣福岛丹波等人出征时的举止不妥，让幕府动了疑念。此前，福岛丹波之子长门曾带二十几名士兵坐船溜出广岛，至摄津住吉附近上岸，想要进大坂城支持丰臣家。住吉地区当时设有东军藤堂部队的营帐，他们将上岸后的福岛长门一行团团围住，一个活口都没留下。就算没这一出，亦有消息称福岛家将大量粮草和弹药运进了大坂城。

针对纪州浅野家的说法同样不断。

倘若福岛家和浅野家表态支持丰臣家，日后自会再有大名投向大坂。德川家康、秀忠父子最畏惧的便是失去支持。

敌我双方部队的动向，当然都要关注。关东忍者唯有撒大网进行刺探行动，这便是慈海和尚感叹人手不足的缘故。开战之后，忍者们便将集结大坂。

如此紧要的关头，大御所家康竟然遇袭。他这次确实轻率了些。

情况真是危险。然而，家康一脸平静，将军秀忠反倒吓得要死。

木津至奈良一带充满了幕府的部队，哪知竟让数十名地方士兵偷袭成功。

秀忠委实想不到警备工作竟搞得如此懈怠，他大发雷霆，将从奈良回来的本多正纯骂了个狗血淋头。奈良和河内的关东忍者不是全无行动，哪知乔装百姓秘密出击的真田丸部队竟瞒住了关东的耳目，一路翻生驹山来到奈良附近。

贴身跟随将军秀忠的甲贺头领伴长信更犹如五雷轰顶。

（莫非是真田草者……）

随军进攻大坂之前，他从未将猫田与助的忠告当回事。然而，自得知幸村从九度山来到大坂城，继而设置了出丸之后，那忠告便萦绕脑中，挥之不去。

长信下令召集甲贺忍者。

京都忍宿的迫小四郎接到了命令。

小四郎非常兴奋。

（倘若猫田与助知道了……）

与助死后不久，小四郎便去了南河内的百姓家。

"咦？他没回大坂？"老夫妻面面相觑，皆不知与助死去之事，讶道，"那天早晨他不辞而别……我们想他大病初愈，估计走不远，便出门搜寻，但就是不见人影，以为是回大坂去了呢……"

迫小四郎对老夫妇谎称他和与助来自大坂。

"唉……"

小四郎顿感浑身无力。

（怕是孤身去九度山了……）

现下，小四郎无法再自由行动，更无法去追与助。

（猫田与助大概会追着真田幸村，从九度山去大坂吧。）

他只好这样想了。

倘若真是如此，兴许就会再次见到与助。

迫小四郎和忠五结伴奔向河内平冈，一路上异常激动。

从京都到伏见，从伏见再到河内，关东的部队正稳稳推进。

第贰拾陆话

十一月十七日，将军德川秀忠将本阵从平冈挪到平野。大御所德川家康亦搬至住吉。东军首脑皆离大坂城两三里了。东军的战旗和马蹄印充塞天地之间。先行抵达的诸将轮流到秀忠和家康的阵所问安。

秀忠命诸将没事时亦要穿着甲胄。阵营里唯有德川家康一身闲装，笑道："望将军大人对我这把老骨头高抬贵手。"他身着鹰羽纹羽织，跨鹿毛爱马抵达住吉。

大坂城的防守工作准备就绪，东拼西凑的浪人们议论纷纷——

"可算要开战了！"

"本想着这辈子就是个浪人了，哪知竟能大干一场，爽！"

"是啊！不如上阵杀敌，痛痛快快归天吧！"

被大军团团围住的浪人们竟无紧迫之感，反而欣然等着开战时刻的到来。

充满紧迫感的，是大坂城的最里侧。

见东军形成包围，淀君和侍女们都是面无人色，大野治长等家臣同样捏着把汗。

是日，真田丸插上无数战旗。野连旗、切割旗、燕尾旗……皆是赤红之泽。

目睹这一幕的东军阵营一片哗然。

"那是真田幸村？"

"他不会是要搞'赤备'吧……"

关原一役，立有赫赫战功的德川家重臣井伊直政便是一套红装出阵，上至旌旗，下至战袍。时人赠以"赤鬼井伊"之美誉。

这其实是模仿昔日武田信玄手下的猛将——饭富虎昌。

若无必胜自信，绝不敢使用红色。只因红色便意味着向敌军叫板："我军在此！放马杀过来呀！"

真田幸村早就备好了绯红铠甲。这红铠和亡父昌幸的铠甲一样，二十几年前由京都的铠甲师土屋又作锻制。关原之战后，草者将铠甲偷偷运出了上田城，待风头平息后又送到九度山暗中保管。幸村离开九度山前，草者先行将铠甲运出。

幸村部队中的武士们悉着红装。若没有红色铠甲，就披上红色的阵羽织，甚者更将买来的头盔染成红色。而战士们背上插的小旗亦是血红一片。

幸村不打算使用印有六文钱家纹的战旗。这跟使用同样家纹却投身东军的兄长信之不无关系，但真正的理由是"此番战役"乃幸村一人之战。

初冬时节，苍穹碧落下那一片显眼的红旗，仿佛是向东军将士挑衅——

"有胆便攻来试试！要尔等有去无回！"

幸村没有全副武装，只是半武装加一件红色的阵羽织罢了。他确信东军不会立刻攻来。

半数草者都进了真田丸，其中包括阿江和向井佐助。另一半草者则由宫冢才藏指挥，潜伏大坂城附近一带。才藏之妹阿忆跟随才藏行动。向井佐助和阿忆有年余不见了，毕竟两人职守不同。

是日，家康召正信、正纯父子和藤堂高虎来到阵所开会。正信父子回到将军秀忠的大营后，家康继续跟藤堂高虎商讨军略，直到天黑。

家康的决策是——明天要登上茶臼山，瞧瞧大坂方面的情况。

幸村回到真田丸的阵屋时，伊木七郎右卫门前来问道："大人是否有一亲戚，名唤樋口角兵卫？"

"不错。"

"此人来参战了。"

"哎呀……"

一旁的高梨内记和青柳清庵登时变色。

幸村却若无其事道："角兵卫来了？"

伊木七郎右卫门点头赞道："是啊，好一个彪形大汉……"

跟幸村一同防守真田丸的伊木，本是丰臣家之监军，负责盯着真田幸村的动向，哪知却被幸村的人格魅力倾倒，让手下部队皆换成一袭红装。

"那我这就将他带来。"

伊木走远，高梨内记等人皆忧心忡忡，问道："大人，这……"

阿江和佐助都没在阵屋。角落里的向井佐平次，忙着给幸村备酒，神情波澜不惊。

佐平次眼中唯有幸村一人，对樋口角兵卫之流全无兴趣。

幸村笑道："阿角这家伙竟然来了。他来此地作甚……"

"大人，该怎么办？"

"没事，内记，谁来这出丸都无妨。且瞧瞧那阿角那厮会唱出什么戏来。多有趣啊。"

"可……"

"无妨，无妨。嗬,这下可有好戏看了。佐平次啊,酒还没暖好？"

第贰拾柒话

这一战跟谋略无缘，只消正面对敌便可。除此再无他法。唯一的问题就是，大坂召集的杂牌浪人们会不会如"幸村的手足"一般行动？

樋口角兵卫突然现身大坂城东侧总构的大和桥口。

负责守卫该出口的，是丰臣家家臣生驹正纯的铁炮队。生驹正纯听说角兵卫是幸村亲戚，便命人带他去了伊木七郎右卫门那儿。经常有真田昌幸的旧臣跑来投奔幸村，是以生驹见角兵卫只是孤身一人便没太留意。

樋口角兵卫身着小袖，套了件黑色阵羽织，着伊贺袴，腰间插着一大一小两柄长枪。他不知从何处搞了个铠柜，一路背着。他身上不脏，但脸部、脖颈和手臂皆晒得黝黑，脸上胡须密布，仅存的左眼目光炯炯。

铁炮兵带着角兵卫去找伊木。看着他的背影，足轻们纷纷赞叹道——

"好壮实的汉子……"

"好大的个子啊……"

"简直是个怪物……"

众人呆呆目送他远去。

樋口角兵卫在伊木七郎右卫门家臣的带领下，来到幸村阵屋土间。一露面，他立刻抛开长枪，跪倒在地，双手掩面，如野兽般痛哭起来。

伊木的家臣们目瞪口呆。高梨内记和青柳清庵面面相觑，不敢随便说话。这两人早就看腻了樋口角兵卫"做作夸张"的表演。

幸村则是冷笑以对。

"竟将我角兵卫……将我角兵卫……"

见角兵卫泣不成声，幸村问道："你是不是恼我弃你而去？"

"我不甘心啊……不甘心……"

"不甘心被我丢下？"

"不甘心！"

"那就去关东的阵所投靠我兄长，跟我大战一场，取下我的人头，不是更好？"

"哇——"

角兵卫继续号啕大哭。内记和清庵难掩厌恶之色。

向井佐平次仍坐在角落。

只听幸村吩咐道："佐平次，给角兵卫挑个地方歇息。"

"是。"

佐平次朝着角兵卫走去。角兵卫这才认出他来。

"向井……佐平次？"

"正是。"

"从沼田来的？"

"不错。"

"哎呀……"

角兵卫忘了大哭，目瞪口呆。众人瞧得分明，他脸上全无泪痕。

幸村说道："角兵卫。一旦进了这出丸，就别指望活着出去。"

"那是自然。"

"你愿意随我赴死？"

角兵卫挺胸说道："荣幸之至。"

"好。那你去休息吧。"

"属下告辞。"

樋口角兵卫穿着草鞋离开阵屋时，用凶狠的眼神瞪了高梨内记和青柳清庵一眼。内记、清庵自然以眼还眼。

"罢了，罢了，"角兵卫离开后，幸村安抚两人道，"瞧阿角演一出戏，解解乏不是挺好。"

两位家臣忧心忡忡，不信他真会如此安分。

阿江的情报显示，角兵卫逃离九度山后的举止极其可疑。而且，阿江曾亲眼目睹他从京都小野阿通家里出来。当时跟角兵卫结伴而行的那位武士，进了京都的真田府邸，这意味着该武士是真田信之的家臣。信之是德川幕府旗下的大名，两个儿子又都随军出阵……如此看来，角兵卫着实可疑。

见角兵卫突然回到九度山，大家自会怀疑他是否受了沼田的密令，回来监视幸村。

对真田幸村而言，有没有角兵卫都一样。这一战跟谋略无缘，只消正面对敌便可。除此再无他法。唯一的问题就是，大坂召集的杂牌浪人们会不会如"幸村的手足"一般行动？进、退、一字排开、从两翼包围敌军……

根据战况，众军士要果断执行幸村之命。

来到大坂城后，幸村分到了属于他的兵力，立刻着手操练。士兵们对幸村安排的操练兴致盎然，都觉得有趣。这操练被用于真田丸的建设过程之中。就是说，幸村借用战斗操练，营建了真田丸。

日后，东军将士们一致感叹幸村手下没有一兵一卒怕死，可见真田幸村其人是何等令将士倾倒。只一眨眼的功夫，武将幸村的魅力便俘获了将士们的心。

幸村的战法颇具特色，需用阵太鼓和战旗发号施令。在操练过程中，浪人们积累着经验，这经历无疑让他们大感新鲜。承蒙调教的将士们日益敬慕幸村。言归正传……

樋口角兵卫来到真田丸的翌日，是庆长十九年十一月十八日。

幸村之子大助一大早便带着十名家臣离开大坂城内二丸的真田府邸，来到了真田丸。大助学着父亲的样子，身着绯红铠甲，配有长枪。这身铠甲是进城后问城下铠甲师买的。

同日早晨，德川家康离开住吉的阵所，登上茶臼山遥望相隔两里的大坂城。透过树林，亦能看见真田丸的一部分。陪家康上山的藤堂高虎纵目望去，喃喃道："真田这家伙，竟然……"

家康不语，只是用望远镜凝视着真田丸。敌我双方的战旗遍布城野，放眼望去皆是士兵。

大御所德川家康的阵营定于茶臼山。东军的设营工程紧锣密鼓。家康目前所在的山顶，面积实在太小，故决定将营所设到茶臼山西北面的一心寺。传说古时仁德天皇的墓地便位于这茶臼山，而此地亦跟圣德太子创建的四天王寺西南侧相接。茶臼山不高，却留有壕沟痕迹。天文年间，细川晴之曾来此设砦。

土井利胜坚称这里是家康阵营的首选之地。

茶臼山和大坂城的总构仅仅一里之遥。

家康突然纵马下山，视察了先锋伊达、藤堂、松平、井伊、前田等将的阵所。

正对着真田丸布阵的，是前田利常——加贺金泽百万石。此人是丰臣家五大老之一前田利家的三子。利家殁后，前田家由中纳言利长继承。关原之战时，利长非常烦恼，此时前文早有叙述。今年五月，贤君利长病逝，享年五十三岁。利长膝下无子，是以家业便由弟弟利常接管。利常之妻，是将军秀忠之女珠姬，所以他实是现任将军之婿，兼大御所家康之孙女婿。

利常尚值弱冠之年，便给德川家康留下了深刻印象。某个冬日，利常早早来到江户城的走廊候命。德川家康刚一现身，他便拜倒在地，忽见眼前的家康赤着双脚，脚跟开裂，渗出血丝。利常一脸惊讶。

（德川大人竟如此朴素，天寒地冻，却舍不得穿足袋……）

而家康则凝目端详利常，忍不住道："好生俊秀，跟你父亲大纳言大人简直是一个模子刻出来的呀。"

念着旧事，家康在前田利常阵所中逗留了许久。

前田阵营的前方是小山"筱山"——山上插满红旗，布有真田幸村的士兵。该山背后一是片巨大的泥地，再往前便是真田丸了。

家康命人取来纸笔，亲自给二十二岁的前田利常画出真田丸和筱山的地图，边画边进行指示。

这一天同样是晴空万里。有大雁掠过天际。

家康手持毛笔，面露难色，越发沉默。

第贰拾捌话

坊间传闻不断，却只有一则传言，着实令人难以置信。

翌日——十九日，东西两军动了真格。

是日凌晨，东军的蜂须贺部队突袭西军的秽多崎砦。

大坂城的西南面，便是秽多崎地区。这一带有大大小小的中洲和浮岛，亦是木津川、天满川等河流之口，再远些便是大坂湾。西军在秽多崎以北的博劳渊等地设砦，以抵御东军水师。然而，真田幸村觉得去那种地方设砦简直是白费功夫。

后藤基次出席会议时亦明确反对设砦之议。他指出，在面朝大坂湾的中洲上建砦，将一千甚至两千兵力分几路各自防守，根本没用。此言合乎地形，自然大有道理。怎奈淀君和大野治长等人惧怕敌人接近城郭，但求在远方迎击，到底是建了个砦。

"若是让我进攻，首先就会拿下秽多崎。"

幸村曾如此说道。前日深夜，蜂须贺部队果然来到木津河口，将水面的船只悉数赶走，放火将砦背后的无人民居烧毁。

"冲啊！"

　　将领命众士兵从陆上攻来。守砦的明石部队待要防守，却见东军抓住清晨的昏暗，从三十余艘船只中蜂拥而出，冲向砦的正下方。他们将装有铁钩的绳索抛至砦的围墙，用力一拉，围墙顿时土崩瓦解。

　　秽多崎之砦只由明石全登率八百将士把守，面对敌军猛烈的突袭，全无招架之力。再加上前夜刮的北风，民宅之火很快便蔓至砦上。

　　有史料称："举砦狼狈，全登率众退至博劳渊。"

　　博劳渊亦有西军之砦，防守者是隼人正薄田兼相。薄田兼相另有"岩见重太郎"之名，堪称小说和影视剧里的大明星。

　　理由呢？

　　——岩见重太郎击退狒狒。

　　重太郎云游各地之时，曾击退一只凶残的大猴，结果就成了"豪杰"、"勇士"的代名词，一如后藤又兵卫基次。

　　正史中的后藤基次确是豪杰，这个岩见重太郎（薄田兼相）则不然。

　　兼相的出身来历一直不太清楚。他精通武艺，但求凭一身本领出人头地，经浅野幸长引荐出仕丰臣秀吉。秀吉死后，他又受到秀赖的看重，享受五千石俸禄。兼相体格堂堂，确实是个美男子——不是纤弱之美，而是铁汉之美。大坂城的侍女们都喜欢拿他当谈资。

　　丰臣家另有一个名唤木村重成的年轻武者，其美貌亦是百里挑一，跟薄田兼相不分伯仲。

　　丰臣家的女人太多了。时时刻刻都会有一大群老女和侍女围着淀君和丰臣秀赖。家中若出现新的美男家臣，便会被她们瞩目，甚至乱了风纪。

　　坊间传闻不断，却只有一则传言，着实令人难以置信。

——片桐且元被风骚的城内奥御殿弄得欲火焚身，竟壮胆去摸淀君的手，结果被淀君一把甩开，怒斥道："大胆！"

话说回来，这个淀君亦是绯闻不断。

太阁秀吉死后，坊间一度盛传淀君和暂居大坂城中的德川家康有染。后来又冒出了她跟石田三成的谣言。有人甚至宣称右府大人不是太阁血脉，而是治部少辅石田三成之子。亦有人反驳称秀赖是大野修理（治长）之子。

纵然是新近进城的浪人战将，都开始怀疑淀君和大野治长的关系。

（想不到那说法竟是真的……）

淀君曾身着武装，让侍女持薙刀出席会议，近来却总是身子不爽，静卧奥御殿休养生息。

第贰拾玖话

德川家康坐不住了。今年异常寒冷，简直是近几年来最冷的一年。若是过了年关，在隆冬时节进攻，风餐露宿的将士们难免士气低下。

而西军却坐守着天下第一城——大坂城。

德川家康抵达茶臼山后，立刻去前线视察。直觉告诉他这一仗绝不好打。

担忧日渐加剧，折磨着家康的躯体。他调动了将近两百个大小名，率二十万大军将大坂城围了个水泄不通。而西军仅有十万杂牌军，无奈士气高涨，出人意料。再加上大坂城规模巨大，全不担忧粮草、弹药不足之事……

丰臣秀吉穷巨大的人力、物力和时间构筑的大坂城，跟现存的大坂城截然不同。那规模甚至让现存的大坂城都没办法比，根本就是一天一地，超乎想象。

况且，德川家康本就不擅攻城。他擅长的是关原之战那种野战。

　　织田信长和丰臣秀吉称霸天下时，家康忍辱负重，逆来顺受。直到年逾花甲，才总算有了夺取天下的希望。他总是慎重做好各项准备，积蓄实力静待时机成熟。家康自然擅长谋略，然而一登战阵，他便无法缓缓寻思。类似的矛盾性格不是家康独有，世人皆难以免俗。

　　家康深知自身的问题，所以他本就打算"见机"提出休战。倘有望攻进城内，自然就不用休战。但是，家康知道大坂城的情况。只要西军不是弱到家，便难以凭蛮力攻下。想要让丰臣家同意休战，首先就要获得一定的战果。唯有压制西军，才能消磨大坂方面的志气，让他们明白再打下去亦是徒劳。然而，从目前的阵势上看，怕是难以取得显赫战果。

　　大坂城唯一的突破口就是城南一带，结果那里竟然出现了一个真田丸。

　　德川家康望着真田丸，暗叹这东西真是讨厌，登时有了不祥之感。

　　他不禁开始想象真田幸村凝神观望关东大军动向的模样。

　　从前田利常阵所眺望真田军的真田丸，那种压迫感到底该如何形容？

　　（左卫门佐真田幸村，原来是这般人物……）

　　唯有身经百战的德川家康才会有如此直觉。

　　家康曾几次见到年轻时的真田幸村，但印象着实不深。概括言之，便是——

　　"说不清楚……"

　　他一见到前田利常，便想到了利常的亡父利家。然而，幸村总是藏身于其父真田昌幸的阴影之中。安房守昌幸是家康劲敌，颇让他吃了一些苦头。这直接削弱了家康对幸村的印象。

幸村的真田丸看似不大坚固，却将真田军的斗志表露无遗。

家康唤来前田、松仓、榊原、桑山等对峙真田丸的将领，再三叮嘱道："切莫擅自攻击！"

茶臼山的阵所尚未建妥。德川家康巡视完前线，便回了住吉阵所。

家康眉头紧锁。诸将相继禀报西军阵营的动向。家康虽不住点头，却无一丝微笑。见状，蜂须贺阿波守（至镇）忍不住唤来家康的侍臣，问道："大御所脸色不佳，莫非身子不爽？"

是日傍晚，本多正纯从平野的将军本阵来到茶臼山。

家康吩咐他道："有一事望你速速办妥。"

"敢问何事？"

"把江户的真田伊豆守喊来。对了，办之前别忘了告知将军。"

本多正纯一时难以理解家康的用意，确认道："伊豆守？"

"嗯。"

"具体的理由呢？"

"随便想个借口！"家康一反常态，大吼道，"让他去二条城等着就行了！"

"好的……"

"明天一早就派使者去召！"

"遵命！"

第四章　真田丸

第壹话

十一月二十一日晚上，草者阿忆来到了真田丸。

好冷的夜晚。傍晚时分，风雪交加，直到夜间方告止歇。

阿江带着向井佐助去前日被东军夺下的秽多崎砦打探情况，离开了真田丸。

东军来到秽多崎召集水军。大坂湾前的河川河口一带布满了西军的砦。东军一旦将之悉数攻取，再夺下天满川河口的西军基地——福岛地区，便可虎视大坂城西、北两侧的外郭。

福岛地区有西军的船场，备有六十挺大型关船，更有数艘军船自水面防御东军的进攻，薄田兼相把守的博劳渊砦附近水面上则泊有丰臣秀赖的御座船。

真田幸村推测东军会从城南进攻，故而设立了出丸。德川家康却想先拿下海湾和河口，再沿陆路大举进攻。

幸村惊觉了家康之意，第一时间命草者前去打探。傍晚时分，阿江带着佐助离开了真田丸。彼时，大雪犹未停。

看守木门的士兵带阿忆去幸村的阵屋时，向井佐平次恰好从屋里出来。

阿忆登时招呼道："佐助？"

光线昏暗，佐平次的身形和佐助颇似。然而，她很快就明白此人只是佐助之父。阿忆和佐平次素未谋面，却听说了向井佐平次来到大坂的消息。

"莫非是……向井佐平次大人？"

"正是。"

"草者阿忆，幸会大人。"

阿忆年逾四十，背着小行囊，打扮成小贩模样，但是嗓音嘹亮，给人的感觉非常年轻。

城外草者报称，德川家康下榻住吉，将军秀忠则安营平野。

史料称："听闻两人着阵，都鄙商贾蜂拥而至。驻军得享方便，甚喜。"

各类小贩出没阵所附近，更方便草者行事。

大坂城总构内的民居亦然。眼看着战事将开，仍有一些商人留下营业，还有捣年糕卖的小贩。

今日下午，伊木七郎右卫门便买了不少年糕，分了些给真田幸村的阵所，笑称是借花献佛。

幸村吩咐佐平次道："烤些给阿忆吧。"

他一直都平等对待草者和其他家臣。

阿忆此来，是要禀告兄长宫冢才藏打听到的消息。

适才的傍晚时分，住吉的家康阵所出现了一位客人，那是织田有乐斋之家臣——永坂当兵卫景行。

织田有乐斋就是昔日的织田长益，是织田信长最小的弟弟。这一年，他都六十八岁了。信长死后，长益出家为僧，当了秀吉的御伽众，深得秀吉喜欢。关原之战时，他明确支持德川家康的东军。战争结束后，家康游说丰臣秀赖收有乐斋当了家臣，而且给予一万五千石俸禄。

有乐斋是千利休的七大弟子之一。片桐且元和平离城后，有乐斋又被怀疑勾结关东，一时性命堪忧。但是，他不顾自身安危，毅然选择留下，目前正率一万士兵把守天满口。

就是说，现下的织田有乐斋是西军的一名战将，自然就是家康之敌，哪知他的家臣永坂当兵卫却暗中造访大御所家康的阵所……

听阿忆讲罢，真田幸村露出倦怠的神情，开始寻思。他盘算问题之际，总是如此表情。

"有乐斋的家臣啊……"

"是。"

"宫冢才藏竟然打探到了这些，真是厉害。"

"谢大人赞许。"

这时，向井佐平次端着烤好的年糕进屋了。年糕上涂着味噌，香味四溢。

"来，吃吧，"幸村先吃了一口，"不要拘礼。"

"是。"

"这儿没外人。"

"是……"

阿江早就习惯了这种情况，阿忆却是头一次享受这种待遇。

以常理而论，区区草者哪里有资格跟主公一同吃年糕呢？

阿忆百感交集，食不知味。

只听幸村问道："好吃吧？对了，你凡事可有不便？"

"回大人，尚无不便。"

"织田有乐斋的家臣，尚未离开家康阵所？"

"估计是。"

"好……好……"

幸村再度颔首，寻思片刻，登时恍然。

（明白了。有乐斋这家伙确实是关东的人。）

丰臣家大概早就知道有乐斋通敌了，却故意留下了他。这个人毕竟是织田信长之弟，而且是淀君的亲舅父。血比水浓，淀君自然舍不得这位舅父。

换言之，有乐斋就是大坂和关东的中间人。

丰臣家这次动兵的目标，根本不是夺取天下。他们只是想让形势变得对自身有利，获得不错的和谈条件，迫使幕府接受丰臣家的存续，让丰臣秀赖得以继续坐镇大坂，顺利成长。

大御所家康若是近期病故，则更理想。别忘了，秀赖之妻千姬是现任将军之女。而且，将军秀忠的夫人正是淀君的亲妹妹。

（就等着大御所死掉吧……）

彼时的七十岁跟现下的七十岁全然不同。当时能活出七十者寥寥无几。

淀君不时召织田有乐斋进奥御殿议事，一谈便是许久，且无人知晓谈话内容。她自幼得舅父疼爱，凡事都喜欢跟这位舅父商量。甥舅之间自然是有亲情的，织田有乐斋无疑盼望外甥女淀君和其子秀赖平平安安。

　　然而，大野治长等丰臣家的家臣皆不信任有乐斋。天满口的有乐斋阵所里有数名监军，紧盯其一举一动。不料他的家臣永坂当兵卫竟成功溜出，来到了德川家康的阵所。听说永坂当兵卫是带着另三名家臣走路去住吉的，黄昏时分抵达，由此可知他们是太阳下山前就离开了大坂城。如此看来，只怕有乐斋是得到了淀君或大野治长的默许，可派人自由出城……

　　莫非丰臣家打算跟家康商量休兵？甚至是家康主动提出休战了？

　　想要确认此事，办法有的是。

　　就拿草者阿忆来说吧。她不但可以去布满敌军的城外打探消息，进出真田丸亦是轻而易举。同理，关东方面的优秀忍者自然可以进出织田有乐斋的阵所。

　　而且，真田幸村进城时，小野阿通亦来到了大坂城，紧跟着淀君和秀赖。

　　二十几天前，小野阿通离开了大坂城，回到京都的家，然而五天前又带着十几个仆人回来了。小野阿通是淀君年轻时的侍女，秀赖诞生后又肩负乳母重任。德川家的千姬来大坂跟秀赖完婚时，德川家和丰臣家都希望她重回大坂，照料千姬的日常生活。结果，她又当了千姬的贴身侍女。

　　这足以说明小野阿通深受东西双方的信赖，能自由来往大坂和京都。

　　这个女人似乎不大简单。

第贰话

真田幸村料事如神，德川家康果然打算早早休兵。

这跟一个名唤“后藤庄三郎光次”的人士有关。自室町幕府成立以来，后藤家一直都是京都的金工，后来又从丰臣秀吉那里揽下了铸币之责——御金银改役。

文禄三年，后藤庄三郎被德川家康邀请到了江户，帮忙铸造小判、一分判等货币。这便是江户“金座”的由来。

这个庄三郎是京都金银改役后藤光乘的养子。秀吉死后，天下落到了德川家的手里。后藤庄三郎的地位日益显赫。师傅兼养父后藤光乘年逾八旬，只得由庄三郎光次以德川幕府经济顾问的身份，参与各项机密计划。

久而久之，江户的金座便成了全国的货币中心，而京都的金座则被废止。

关原一役后，后藤庄三郎奉家康之命，兼任丰臣家的经济顾问。丰臣秀赖重建方广寺大佛殿时，将众多千枚分铜重铸为铜币，这正是后藤庄三郎的提议。庄三郎深受淀君和丰臣家重臣的信赖，可自由进出大坂城，一如小野阿通。

直到很久很久以后，世人才得知了当年十二月初的一件事情。

织田有乐斋悄悄给二条城的本多正纯和后藤庄三郎去了一封密函，内云："休战诚然对丰臣家有益，无奈我几番劝说右府大人，他皆无意罢兵……"

母亲淀君和大野治长的感受暂且不论，丰臣秀赖这次竟恼火得一反常态，

"刚刚开战，岂有议和之理！"

他立刻驳回了有乐斋的提议。

秀赖的愤怒是理所当然。先是在他一无所知的情况下走到了开战的境地，如今敌军尚未有一兵一卒攻进城内，却早早商议起议和之事……

不管右大臣秀赖如何宽宏大量，这总归是可忍孰不可忍。

话说回来——

真田幸村对阿忆说道："今晚就住下来，好生歇歇吧。"

"这……不大好吧？"

"没事，我让人去告诉你哥哥就行了。"

"大人别折腾啦，我睡哪儿都一样。"

"好吧，那就辛苦你了。对了，把这个给才藏带回去吧，分给大伙儿。"

说着，幸村拿出一个装满小判的皮袋，沉甸甸的。

"这个……"

"跟你哥哥说只管用就是了，反正我用不上了。"

"那便恭敬不如从命了……"阿忆接下皮袋，塞进背上行囊，"哥哥说，大御所身畔有泷川三九郎大人的身影。"

"唉……"

"此事尚未证实，但哥哥让我先告诉您。"

"好，你们办得好。"幸村忽又微笑道，"佐平次。"

"哎？"

"这回怕是要跟泷川三九郎真刀真枪打一仗了。"

"这……"

"妹妹於菊嫁给三九郎之后……"幸村掐指一算，不觉有些讶然，"一转眼竟然都是三十好几的人了。"

幸村印象中的於菊，仍是个青涩少女。

"听说她膝下无子……"

"是啊。"

"沼田的兄长对这事有说法没有？"

"他很牵挂，无奈泷川大人本人反倒不当回事。"

"哈哈哈……"

这时，只见阿忆伏地行了一礼，说道："那我就此告退……"

"要走了？再见。"

阿忆辞别幸村，从地板间来到土间，伸手欲取草鞋。

"穿这双吧。"

向井佐平次拿出了不知何时准备好的新鞋。

"啊……"

"是我做的，不知合不合适……"

阿忆接了草鞋，紧紧抱住，同时凝视着佐平次。她那布满灰尘的脸，眼看着渐渐变红。佐平次一时茫然，只觉得阿忆双目炯炯，异乎寻常。

佐平次纳着闷，开口问道："没事吧？"

阿忆凝视得太久了，让佐平次觉得有些异样。然而，阿忆直视着佐平次，微微摇头。佐平次不懂得她摇头的意思。

须臾，阿忆喃喃喜道："好高兴啊……"又问道，"佐助可好？"

"挺好的，听说他晚上要跟着阿江出门刺探敌情……"

阿忆点了点头，又盯着佐平次看。

佐平次不禁问道："你找佐助有事？"

"这……麻烦您替我给他带个好。"

"啊，好的。"

"就说……阿忆很好。"

"知道了。"

"告辞。"

"我送你一程吧。"

佐平次陪阿忆走向真田丸北侧的木门，来到门口才跟阿忆告别。

两名门卫带着阿忆离去。真田幸村对草者进出之事非常谨慎。大家都认识的草者（譬如阿江和向井佐助）自然另当别论，但阿忆这般初来真田丸的草者，便需要各个木门和哨所的士兵确认，之后才可以放行。

阿忆离开不久，阿江和佐助便回到了真田丸，走进幸村的草席间汇报敌情。佐平次到房间的角落里待命，听不清对话内容。

幸村大概会把阿忆禀报的内容告知阿江，继而征询阿江的意见。

少顷，佐助独自出来了。

"佐助，上哪儿去？"

"有急事联系，要出去一趟。"

"啊……对了，草者阿忆刚刚来了。"见佐助穿上草鞋便要出门，向井佐平次慌忙说道，"我送你到木门口吧。"

"父亲，外头凉。"

"不碍事，沼田比这儿冷多了。"

两人沿着阵屋附近的草丛小道而行。

"佐助啊。"

"嗯？"

"阿忆让我给你带好。"

佐助登时一怔，默然不语。黑暗中，佐平次望向儿子的脸庞。只见他把脸一扭，低低说道："我去了。"话音刚落便如清风般消失不见。

向井佐平次呆立片刻，渐渐面露微笑。

（哎呀……明白了，阿忆和这孩子有感情了！）

如此一想，佐平次突然对佐助萌生了前所未有的感情。

（哈哈哈，我儿子有对象喽……）

这无疑是最让当父亲者欣慰的事。

佐助和父亲佐平次一样，打定主意随幸村杀身成仁。这对父子都不喜欢将感情流露。然而，听到阿忆的问候时，佐助竟是一怔。正是这短短的沉默，暴露了他的秘密。

（这家伙……这小子呀……哈哈哈……）

佐平次由衷欣喜。傻笑之际，凉凉的东西落到了脸上。又飘雪了。

幸村的阵屋里点着篝火。

（阿忆跟佐助的事儿，大人怕是不知情吧？）

佐平次沿着小路回去，嘴角满是笑意。

（这只有我和佐助知道……）

真是太让人高兴了。

回到阵所，幸村命佐平次备酒。佐平次端着酒来到草席间。

"咦？"幸村讶然打量着佐平次，"冰天雪地的，樱花竟然开了。"

阿江和高梨内记面面相觑。

高梨内记问道："大人刚刚说的……是指？"

幸村大笑不答。

"大人？"

"阿江，佐平次笑了呀！我有十五年，不，有二十几年没见到他的笑脸了！"

第叁话

十一月二十六日早晨，东军开始攻打大坂城的东侧。

那是一片宽阔的湿地。大坂方早就在三丸外的猫间川和远处的平野川、大和川堤上设了栅栏，以加强防备。

德川家康派上杉景胜（出羽米泽，三十万石）、佐竹义宣（出羽秋田，二十万五千石）攻打城东之北。关原之战时，这两位大名均支持西军，战后便遭惩罚，为赢回家康和幕府的信任，尝遍辛酸。昔日的西军首脑上杉景胜现年六十高龄。

德川家康打算从大坂城东北侧进攻，将阵营推进至大小河川会聚的城北。若攻下这些河川，便获得了离大坂城最近的突破口。纵无法立刻攻进城内，总会震慑住城内西军。而且，可以沿着河岸使用大炮。

当年的"大炮"跟现下完全不同，炮弹足有三十贯重，大筒（炮身）更需由士兵捧着——其实就是大尺寸的铁炮罢了。当然，火药的爆炸效果和射程要比铁炮厉害。

244

控制城北河川，沿河岸使用大炮，有望击中大坂城的天守阁。第二天的攻击，正是要抢占有利地形。

家康希望早日扫清城郊的西军阵营。一旦得手，便会加剧大坂城内的不安情绪。他尚未放弃休战的意图。不，这一次的行动根本就是要推动和谈。所以，他要想方设法"吓唬"不懂战争的敌军总帅丰臣秀赖和淀君。

战斗开始。

史称"鸭野·今福之战"，是"大坂冬之阵"最激烈的一役。

这一役中，城内侍女关注的焦点——玉树临风的青年武将——长门守木村重成冲锋陷阵，英勇杀敌。

西军猛烈反击，佐竹义宣险些战死。后藤又兵卫基次果断率军支援木村，让敌我双方刮目相看。此次战役中，后藤基次的左臂被铁炮击中，受了轻伤。

史料称："重成、基次挥军总攻，佐助部队大败。木村之兵恢复第一栏。时值午后三时。"

西军的英勇，给东军留下了深刻印象。

（不可小视……）

丰臣秀赖自天守阁观摩战况，一时大喜。

有人评价此战是不分胜负，但从士气上看，东军受到重挫是不争事实。然而，面朝城东的东军阵地确实又推进了几分。

德川家康顺水推舟，命大军离开拿到手的秽多崎地区，架设水上舟桥，取道西军海岸砦之左侧，奔向北方的福岛地区。

他打算去秽多崎西侧的小洲"苇岛"安营,但事情岂会如此顺利。

纵然借助浮洲架设舟桥，舟桥亦只是舟桥。

所谓"舟桥"便是在排成一列的船上铺设木板。

（海岸砦中的那些西军，哪里会不管不顾？）

诸将一时均如此想。

尤其是距离秒多崎极近的博劳渊砦。该砦由名动全国的猛将薄田兼相把守，兵力八百。不，算上秒多崎陷落时逃至博劳渊的西军，兵力怕会上千。

秒多崎陷落后，东西两军的军船在水上展开激战。东军占优，战果赫赫。薄田兼相在博劳渊砦竖起无数战旗，鼓舞气势。

有人见他如此小题大做，忍不住讽刺道："那都是摆设！"

话虽如此，总不可大意。博劳渊停有丰臣秀赖的御座船，亦有数艘军船。

"总之，先去探探究竟。"

东军派数名斥候侦察敌情，不料皆被西军抓住，没留一个活口。

德川家康忍无可忍，竟亲自去水上巡视。这不是焦躁，而是斗志难忍。

他希望尽快攻破西军的海岸防线。

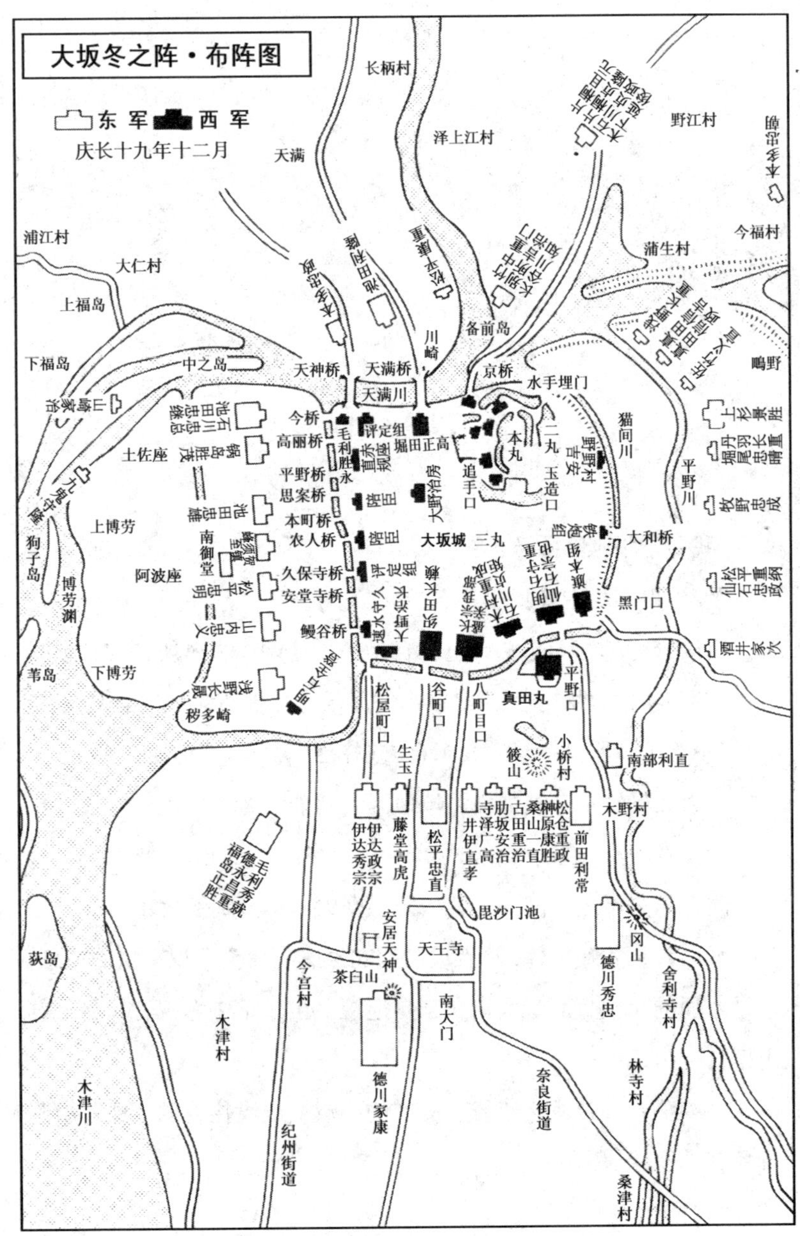

大坂冬之阵·布阵图
东军 西军
庆长十九年十二月
长柄村
天满
泽上江村
野江村
今福村
蒲生村
浦江村
大仁村
上福岛
下福岛
中之岛
土佐座
上博劳
博劳渊
狗子岛
苇岛
下博劳
稼多崎
荻岛
木津村
木津川
今宫村
纪州街道
茶白山
安居天神
德川家康
南大门
天王寺
南部利直
木野村
德川秀忠
舍利寺村
林寺村
桑津村
奈良街道
茶臼山
毕沙门池
前田利常
冈山
小桥村
筱山
真田丸
平野口
黑门口
大和桥
仙松石平重井忠政纲
酒井家次
平野川
鸣野
堺内重晴成
牧野忠成
二丸
本丸
玉造口
道手口
京桥
水手埋门
猫间川
天神桥
天满桥
川崎
天满川
备前岛
今桥
高丽桥
平野桥
思案桥
本町桥
农人桥
久保寺桥
安堂寺桥
鳗谷桥
毛利胜永
评定组堀田正高
大野治房
大坂城 三丸
松屋町口
谷町口
八町目口
生玉
伊达政宗
藤堂高虎
松平忠直
伊达秀宗
安政宗
松平忠孝
寺坂田山广安重一康崎井伊治治直胜高治重直胜政
福德毛利岛永利胜正昌重秀就

第肆话

“我要亲眼瞧瞧敌营！”

“使不得啊！主公！”

听闻家康的惊天想法，重臣自是拼死相谏。大御所亲自去侦察水面，实是出人意料。然而，派出的斥候悉数被斩，一直全无成果。

“不等了。明日一早，我亲自去巡视！”

三百人的铁炮队被从秽多崎地区调到了苇岛。

十一月二十七日，正午时分。

阿忆离去不久，向井佐助离开了真田丸，直到傍晚才回来。

经由宫冢才藏指挥，草者成功探知家康明晨会巡视军情的消息。不是普通的斥候，而是大御所亲自巡视。虽是暗中巡视，可警戒的规模自不用说。

一些草者乔装成卖年糕、皮衣的小贩，出没住吉的家康阵所附近。直觉告诉他们——

“有异样。”

秽多崎附近不乏娼妇和小贩。混迹其中的草者反复打探，确信家康会亲自坐船巡视。向井佐助便是去了秽多崎一带，亲眼看着铁炮队抵达。

真田幸村正一脸倦意，微闭双目，听到这事，双目登时睁开，说道："阿江，再打他个措手不及，如何？"

"好呀！"

"照这情势，双方不大会正面交锋了。"

"确实如此。"

"那好，"幸村立刻着手部署，再三嘱咐道，"此事务要保密，包括对伊木七郎右卫门大人。"

言下之意，便是要瞒着整个大坂城。否则，一旦消息走漏……

"太过鲁莽！"

丰臣家首脑无疑会阻挠他的行动。

"大人……"阿江犹豫道，"这次……怕是要用船吧？"

"那自然了。"

"但是……"

阿江讷讷不语。

"有何不妥？"

"我们没有船啊。"

"哎呀，别怕，这个我来解决。"

此时，佐助来到了木板间。

角落里的佐平次立刻凑近问道："佐助，见到阿忆没有？"

佐助红着脸，低下头道："没……"

仿佛嗓子里卡着口痰似的。

真田幸村想到了丰前守毛利胜永。

说到毛利氏，大家首先会想到昔日的西军统帅毛利辉元吧？但是，胜永跟虎踞中国地方的毛利家完全无关。胜永的亡父胜信出身尾张国，本姓森氏，曾是丰臣秀吉之家臣。秀吉征服九州，让毛利胜信当了丰前国小仓地区的城主，封地六万石。关原一役，毛利父子支持西军，被德川家康没收了封地，流放到了四国地区的土佐国。由关原一役战功卓著的高知城主山内一丰（二十万石）负责监视。

山内一丰之前同样是秀吉家臣，地位比毛利父子略低，常受到胜信照顾，这时自然要向这对父子报恩。他将毛利父子接到了高知城，赠与千石俸禄，而且收留了毛利家的旧臣。三年前，毛利胜信客死高知。

毛利父子的境遇，跟九度山的真田昌幸、幸村父子如出一辙。幸村和胜永同病相怜，自进城以来便惺惺相惜，现下更是亲密无间，肝胆相照。

幸村和胜永的关系，比跟后藤基次的关系都深。

山内家不太监视毛利胜永，使他有机会派可靠家臣联系上了大坂的丰臣家。战争打响时，山内一丰早都病逝了，山内家由其子山内忠义率兵出征。山内忠义刚一离去，毛利胜永便带着十六岁的长子胜家溜出土佐，来到大坂。

目前，毛利胜永率五千将士，负责防守今桥口和城内二丸的部分地区。

十一月二十七日夜间，真田幸村带着高梨内记等五名家臣，突然来到二丸的毛利胜永阵所。这委实不是新鲜事了。这两人经常夜间互访，举杯痛饮。

毛利胜永三十八岁，比幸村小十岁。

胜永笑道："您可来了呀！"立刻命人备酒。

幸村喝着酒，突然问道："是否方便借给我三艘船？"

"船……"毛利胜永放下手中酒杯，奇道，"船？"

"不错。"

真田幸村亦放下酒杯，凝视着胜永，沉默不语。

毛利胜永凝目盯着幸村，仿佛要从他眼中瞧出些蛛丝马迹。

胜永把守的今桥口跟大坂城北面的天满川相接，因此他手下有十艘船。

"大人为何要借船呢？"

真田幸村负责防守城南的出丸，跟河川半点关系都没有。

幸村默然，片刻后打破沉默，却只说了四个字。

"是否方便？"

两人再次沉默。

"这……"

"是否勉强？"

"不……"

"那便是应允了？"

"冰天雪地，又是半夜三更，您要船何用？"

"啊，这……"幸村微举右手，"这您就别问了。"

"哎？"

"说出来，就不好使了。"

"唔……"

两人继续大眼瞪小眼。

毛利胜永只得说道："那就借给您吧。"

"非常感谢。"

"没事，举手之劳嘛。"

两人总算露出微笑。

毛利胜永哪里想得到，短短数小时后——二十八日凌晨，幸村将会用那些船突袭德川家康。幸村此举非常隐秘，甚至都没去征求丰臣秀赖的同意。因之，若他对毛利胜永道出实情，难保胜永不会受责。那便太对不住他了。

况且，胜永若是知晓实情，恐怕就不会借船了。正因胜永信赖幸村，才肯无缘无故借船给他。

适才，幸村正要悄悄离开真田丸时，长子大助幸昌便劝道："倘若鲁莽突袭，日后恐有麻烦……"

先前没这一出，淀君、大野治长和其余丰臣家人士尚时刻警惕幸村和后藤基次，若他们听说幸村冒着风雪擅离职守，登船离城，自会加深对幸村的怀疑。

——莫非他坐船偷会关东？

大助自然担忧父亲的处境。

"无妨，无妨。"

幸村提笔修书一封，阐明了此次行动的真相。

"若我明日正午未归，你便将此函交给又兵卫大人。"

"是……"

大助一脸愁容。

见状，幸村拍拍大助的肩，温言说道："别怕。"

"是……"

"大助，看好了角兵卫。"

"明白。"

樋口角兵卫抵达之后，不知从哪里搞了身武装，手持长枪，守卫着真田丸。

大助幸昌、九度山家臣和草者都监视着角兵卫，幸喜他尚未有何怪异举动。角兵卫跟众士兵共住真田丸中的阵小屋，深居简出，不喜言谈，只偶尔对真田大助冷笑一声。

第伍话

真田幸村和毛利胜永举杯欢饮之际，德川家康正以呼呼大睡迎接凌晨巡视。

家康睡下时，天才刚黑。夜深后，将军秀忠的急使榊原康胜（上州馆林，十万五千石）来到了住吉阵所。远江守康胜是家康重臣榊原康政之子，八年前继承亡父家业，深得现任将军信赖。

将军派康胜前来，德川家康自然不会不见，更何况康胜竟对家康的侍臣强调道："大御所若睡下了，麻烦把他弄醒……"

家康没有将巡视水面一事通知将军。想想此前的奈良突袭，不免凡事谨慎，以防消息走漏。一旦被大坂打听了去，后果不堪设想。然而，此事关乎大御所的动向，又如何瞒得住呢？

本多正纯不离家康身旁，成濑正成、安藤直次则负责贴身警卫。他们大概是担忧家康的身子，故将此事告诉了将军。

有史料称："秀忠闻家康有巡视之意，速派康胜谏止，唯恐寒风侵肌，父亲老体难堪。家康凝望地图，不予理会。"

（这个蠢货……）

德川家康火冒三丈。

战争便是战争，何来"寒暑"云云。只想着这些琐碎，如何带兵打仗？

他不是不懂儿子之孝，但他来到阵前便是拥有对身体的自信。

"回告御所（将军），要时时刻刻如临大敌。"

"大御所说得甚是，但是……尚望三思！"

榊原康胜冒死强谏。

"混账，你懂什么！"

"属下是奉御所之命前来。"

"住嘴！"

"属下绝不住嘴！"

康胜百折不挠，却毕竟无法说服家康。

家康动身的时刻就要到了。康胜无奈之下，唯有快点将结果告知将军。

德川家康望着康胜离去，不禁苦笑。

（倘若这次来的是忠胜、直政……）

倘若来的是本多忠胜和井伊直政，家康虽然想不出他们会如何出言规劝，却相信这两人会圆满成功。

若是年轻时的井伊直政，便会坚称任务失败，以切腹相胁。

"睡不着了。备泡饭吧。"

家康命侍臣做好巡视的准备。

听完榊原康胜的禀报，将军秀忠立刻让人把佐渡守正信喊来。

秀忠不会轻言放弃。

眼下足以仰仗者，首推父亲家康的"老友"本多正信。

而后，秀忠又从平野本阵唤来了天海。

天海是天台宗的僧人，早年情况不明，坊间一度盛传他便是害死织田信长的逆臣——明智光秀。正史上说，光秀被秀吉挥军击破，退回近江坂本城的路上被无名百姓所杀。但是，有人坚称光秀其实没死，而是藏进佛门，秀吉死后又以"僧人天海"的身份出仕家康。[1]

天海和家康第一次见面，似乎是天正十七年。秀吉当时正忙着攻打小田原的北条家。后来，天海从仙波北院搬至比睿山的南光坊，继而统领了日光山。大坂一役之后，天海胜任大僧正。德川家康临死之际，他和本多正纯、金地院崇传共同听了遗言，堪称位高权重。然而，他目前尚未从政。

家康非常信赖天海，但凡遇到拿不准的事，总会召他来一卜吉凶。

却说真田幸村带着七十人分乘三船，悄悄来到天满川的河面。其中有五十名铁炮手、十八名普通士兵，另两人则是草者阿江和佐助。

天寒地冻，河面上风冷如刀。不，这哪里是"风"啊，简直就是无数的冰体迎面砸来，让人难以抬头。

----

[1] 天海生年不明，宽永二十年（1643年）殁，若跟明智光秀（1528—1582）是同一人，则其一百一十五年之高寿未免惊人。持此说者，主要论据包括：（一）比睿山存有以"光秀"名义捐献的石灯笼，落款却是光秀死后三十余年的庆长二十年（1615年）二月十七日。（二）安葬德川家康的日光东照宫之内，竟几次出现明智家的桔梗纹，譬如阳明门前石雕武士的袍子上。（三）鉴别天海和光秀的字迹，结论是特别亲近之人，甚至是同一个人。（四）大坂一役，天海强烈要求将丰臣家灭门。（五）天海死后，幕府追赠"慈眼大师"之誉，京都有慈眼寺供奉天海，但该寺的释迦堂同时供奉光秀的木像和排位。以上五点，石灯笼之真假犹有争议。而反对者则抓住一点不放：德川家消灭丰臣家之后，若天海真是光秀，何故隐姓埋名至死？

第陆话

"幸村见正纯之军船旗帜，自言此来只谋骏翁（家康）一人，无关余者。"

受环境影响，拂晓时分的天满川昏暗如夜。

真田幸村让三艘船顺流缓缓而下。

水里有个大洲，一度将流进大海的天满川拦腰分开，那便是中之岛了。

中之岛的对岸，自上福岛地区铺开的大坂方阵营篝火点点，却又显得孤立无援。天满川、木津川河口一带密布东军的军船，随时都会攻向上福岛的御船藏；而陆地上的东军则一路开至下福岛地区。

幸村指挥三艘船绕开敌军包围，驶进密密麻麻的芦苇丛，来到博劳渊砦前一带钻进芦苇。等德川家康乘船靠近，便用铁炮齐射，同时冲上前登船突袭。

天空泛起了鱼肚白，哪知又落下了雨。灰色的河面变亮了些。

好冷。

三艘船都没顶子，幸村的家臣们都被冷雨淋湿。有史料称："寒风凛冽，雾雨交加。众军士相拥取暖。"

此时，幸村吩咐道："阿江，备酒……"

幸村竟带了酒。阿江和佐助将酒分给三艘船的将士之后，他又命人拿油来。

果然周到，油都准备好了。

他让瑟瑟发抖的将士们将油涂到手指上，这样便不会因冻伤而妨碍开枪。

幸村甚至准备了年糕，以便让将士们饱餐一顿。

士兵们深受感动，被幸村折服，感慨这个人值得他们上刀山下油锅！

幸村自幼看着父亲和兄长如此对待家臣，早就养成了习惯，但这些杂牌军从不曾见到如此善待士兵的将领。

说到这里，容我插进一段故事。太平洋战争时期，我隶属海军，当时有两位长官让我萌生了"这个人值得我跟着去死"的想法，无奈两人都只管新兵训练，而我训练结束就去当水兵了，而且再没遇到那样的好长官。

士兵的表现，是由其直属上司直接领导的结果。直属上司若是愚劣，士兵当然就不肯献出生命。

这个问题就此打住。我们再说说关东方面的情况吧。

将军德川秀忠千方百计，总算劝住了父亲家康。僧人天海称这一天不利出行，老臣正信亦从旁动以情理。他们的话生效了。

家康不再年轻。他当然明白亲自巡视是何等鲁莽，但人老了就喜欢逞强，所以他才一度拒绝秀忠的恳求。

"那好吧……"

家康苦着脸，勉强同意放弃巡视。

　　真田幸村白去埋伏了。然而，他不是一无所获。跟着他出来的士兵们都对他大加赞许，此事让整个真田丸都沸腾了。

　　派来监军的伊木七郎右卫门很快来问道：“为何不带我去啊？”

　　“这……”幸村苦笑道，“您都听说了啊。”

　　“不错。”

　　“没办法啊，毕竟没征得右府大人和大野大人同意，所以无法告诉您。”

　　“这又是为何？”

　　“若是说了，怕会给您带去麻烦……”

　　“谁会管那些小事情啊！”

　　“哎？”

　　“您要是肯算我一份就好了！”

　　“唔……”

　　“无论如何，我总归会助您一臂之力的！”

　　伊木七郎右卫门热泪盈眶。他对幸村佩服得五体投地，甚至忘却了丰臣家监军的任务。

　　实际上，他一直不拿这些当回事。

　　“七郎右卫门大人……”幸村被伊木的真情打动，歉然道，“见谅了。从此，我不会再瞒您任何事。”

　　伊木欣然道：“那就最好了！”

　　幸村大笑，上前紧握伊木的右手，说道：“从此以后，我幸村和伊木大人便亲如手足！”

　　“唔……”伊木七郎右卫门咬紧牙关，一时说不出话，不久竟如幼童般无邪大哭，“哇——”边哭边用力抓住幸村的右手。

昔日的武士们皆如此一腔热血，该落泪时便会号啕大哭，半点都不含糊。

不远的木板间内，陪伊木前来的家臣们见证了这一刻。两位战将的对话经这些家臣传遍了真田丸，两支部队的士气因之再度提高。

话休絮烦，却说大御所家康其实没有改变二十八日的早晨的安排。

东军确实需要巡视和侦察水面，以便早日攻陷大坂方的海岸基地，从而将部队安排到大坂城郊的北侧、西侧和南侧。所以，家康让本多正纯、安藤重信、成濑正成三人替他去视察。

"幸村见正纯之军船旗帜，自言此来只谋骏翁（家康）一人，无关余者。"

正如战记之言，幸村立刻命大家撤回。而且，该战记后文称东军全不知幸村自眼前收兵。

第柒话

德川家康打消了亲自巡视之念，却不会动摇两天内拿下沿海一带之念。

他命主殿头石川忠总速速攻下博劳渊。

石川忠总得到立功良机，一时热血沸腾。忠总的生父是大久保忠邻，曾担任将军秀忠的老中。是年正月，大久保忠邻突然失势，幕府便调换了忠总的封地。

事情的开端，其实只是一件小事罢了。佐渡守本多正信和大久保忠邻素有积怨，而忠邻到底是不敌正信。德川家康选择嗣子时，忠邻支持秀忠，正信则支持家康次子结城秀康。双方互不相让，积怨由此而来。

秀忠继任将军之后，大久保忠邻自然得势，双方的矛盾更复杂了。去年，忠邻家臣大久保长安(矿山奉行)的贪污被曝光。长安虽死，幕府亦将其七名遗子杀光。忠邻和其余相关者均受牵连，甚而失势。此事的真相，直到现下都众说不一。有些人坚信忠邻是中了正信之计。

　　石川忠总是忠邻的次子，后来当了石川家的养子，继承养父家业。他受大久保长安事件牵连，被押往骏府。石川忠总年轻时曾是将军秀忠的近习。见旧臣深陷困境，秀忠不禁动了恻隐之心，何况忠总又是当年力挺他的大久保忠邻之子。

　　此时，出征大坂的命令到了。秀忠明白机不可失，便恳求父亲家康同意石川忠总随军出征。家康立刻就批准了。恐怕家康亦有愧疚之意吧。

　　总之，石川忠总无论如何都会攻下博劳渊砦。他唯有立下战功，才不会辜负将军的期望。

　　忠总跟着将军秀忠来到阵营后，率三百士兵随众攻打船场。

　　德川家康给了他两千余兵，命他去苇岛地区布阵。天满地区和木津川河口犹如海面，漂浮着大大小小的中洲，苇岛正是其中之一。东军攻陷秽多崎砦后，顺带占领了苇岛。苇岛的东北岸，便是薄田兼相守卫的博劳渊砦。

　　战旗插满砦中，守兵斗志昂扬。

　　博劳渊砦后方是"阿波座"和"土佐座"二砦。若攻下了博劳渊，这两个小砦自然手到擒来。

　　二十八日，犹未放晴。整天都是雾一般的冷雨。

　　忠总带上三个家臣，乘小船去侦察博劳渊一带情况。家康则派出十五艘军船随行，又命纪州的浅野长晟殿后。长晟是故去的浅野幸长之弟，现继承亡兄的三十七万四千石封地，出任纪州和歌山城主。浅野家奉幕府之命监视九度山，却被幸村溜之大吉。长晟虽未因此受罚，却阻拦不住谣言——

　　"纪州的浅野家跟大坂暗有联系！"

浅野长晟不觉窝着股火。

傍晚时分，雨仍未停，石川忠总的三名家臣回到了苇岛。忠总听完汇报，顿时有了自信。博劳渊的防备不行。东军先前派出的斥候均被斩杀，这次却如入无人之境。西军欲以战旗鼓舞士气，但砦外的戒备很是松弛。

"木门的看守好像喝醉了酒……"

许是饮酒驱寒吧。但是，看守外部木门的门卫岂容喝醉？这莫非是西军之计，故作疏忽？

忠总和家臣仔细讨论侦察结果，确信敌军是放松了警惕。

那个晚上，有野史称博劳渊的守将薄田兼相跑去神崎喝花酒，离开了砦。但是，结合开战前后的情况来看，这说法其实不对。总之，薄田兼相确实缺乏担任守卫队长的资质。他用无数战旗装饰该砦，却被石川忠总一眼识破防卫中的缺陷。日后，素以"勇将"自诩的薄田兼相成了大坂方将士的笑柄。

"薄田隼人正根本就是个橙武者嘛。"

酸橙个大，是柑橘类中色泽最亮丽者，却唯有正月时当个摆设，除此再无用武之地。被同僚如此嘲笑，薄田兼相自然难堪，城内的侍女更不再倾慕他了。需要说明的是，这位橙武者后来英勇阵亡了。兼相不懂兵略，但只要给他长枪冲锋，他就不会落后。

翌日——二十九日。凌晨。

石川忠总率兵坐小船杀向对岸。博劳渊砦箭楼上的士兵立刻开枪。双方之间虽隔着条河，距离实是极近。中枪的士兵纷纷跌落水中。

东军的军船陆续行动，其中就包括蜂须贺部队的三十艘船。

最先上岸的石川忠总举枪猛冲，杀向砦的木门。

“跟上！”

家臣和士兵们大喊着向前冲去。

有战记称，薄田兼相自恃此砦险要，一度擅离职守。喝花酒恐是杜撰，但他当时确实离开了砦。

突袭让砦中的士兵大吃一惊。

——见东军举兵猛进，破木户，自知寡不敌众，唯有弃砦而去。

博劳渊砦就此失守。石川部队和蜂须贺部队纷纷上岸。

“好！乘胜追击！”

石川忠总负责追击逃向土佐座的砦兵，蜂须贺部队则杀奔阿波座，顺势将阿波座攻陷。随后，石川部队亦攻下了土佐座砦。

东军的水路两方配合默契，水军告捷之际，陆上部队正猛攻福岛、野田的西军基地。东军顶着这一天的雨，实现了预计目标。上福岛的御船藏和军船皆被东军控制。西军的城郊基地几无幸免，将士们纷纷逃回城内。

德川家康欣然长笑。

第捌话

大坂城郊的砦和基地陆续被二十万东军攻克。东军的铁蹄渐渐靠近总构，唯一的例外便是真田丸。

只有城南"平野口"一带的真田丸没被攻击。

前田利常的阵营正对真田丸，往西则是松仓、榊原、桑山、古田、胁坂等将官的大部队。他们正等着出击的命令。大御所德川家康反复警告他们不许擅自攻击，大家自是不敢造次。

大战将开……

真田丸的将士们固然平静，淀君和周围的老女、侍女们眼看着关东大军杀到城郊，不免紧张异常。而这正中了家康下怀。

十一月三十日，城郊天满口、船场口的城兵不敌东军火攻，惶惶逃回城内。

当天，奉命留守的伊豆守真田信之接到德川家康急使传召，离开了江户外樱田地区的真田府邸。家康急使沿东海道一路狂奔，二十八日午后抵达江户。

同样那一天的早晨，真田幸村放弃了偷袭家康之计。

急使带给真田信之的信函，是本多正纯替家康所写。

——火速上洛，至二条城待命。

信之立刻拟好密函，派人带给京都的铃木右近。二十九日拂晓，信之的密使离开外樱田的府邸。信使比信之早动身一日，却比信之早三日抵达京都。

之前，铃木右近自伏见府邸搬至了京都府邸，以便向信之提供八方情报。弟弟幸村据守真田丸之事，信之亦有耳闻。信之二子信吉、信政随军出征，部队中安插有铃木右近的四名亲信，将战况陆续禀报右近，再由右近加急告知信之。

（大御所突然召我上洛，莫非有何变故？）

信之不明白家康的用意。

关原一役，真田兄弟各奔东西，情况跟别的大名不同。幕府让信之留守江户，又让他的两名子嗣随军出征，正是真田家特殊情况的体现。

（计算日子，战斗该开始了。）

明明都开战了，家康为何要急召留守江户的信之上洛？密函由大御所和将军的传话人——老中本多正纯——所写，说明将军亦是知情。信之深知将军秀忠对真田家怀有怨念，一时不免忐忑。

（莫非是孩子们闯了祸？不，不会的……）

信之特意派了几名家臣陪儿子出征，凡事都很谨慎。

总之，事有蹊跷。

密函中，本多正纯叮嘱信之这一路上务要避人耳目，而且不需要告知幕府。

江户城由时年十一岁的将军秀忠次子竹千代留守，由酒井重忠（上野厩桥，三万三千石）、内藤政长（上总佐贯，二万石）等嫡系大名辅佐。他们吩咐留守众人，事无巨细都要通报。正纯的信中却说此事自会有人通报幕府，信之只要速速上洛便是。

信之值得让十名家臣陪同，以旅人之姿离开江户。一行人均骑马而行。

一路上，信之来回推敲此事。

（莫非是跟幸村有关？倘若真是如此，又为何要召我去？）

信之苦思无果，直到几天后才渐渐明了家康之意。

（啊……是这样啊！不，恐怕大御所正是因此才让我去吧。）

弟弟幸村利用大坂城南的外曲轮设置了一个出丸。

（那是他绞尽脑汁才想出来的，肯定非同一般。）

真田信之继续寻思着。

亡父曾带着两兄弟苦熬战国末期的动荡岁月。随便想想昔日的大小战事，便会明白父亲和弟弟是如何英勇，譬如迎击德川军的上田城攻防战。

父亲死后，了解弟弟真正本领的，便只有信之一人。那些大名和武将都不懂得幸村的可怕，除了一个人——大御所德川家康。

弟弟幸村的出丸之情况如何？信之无从得知。

凡庸之辈只会看到出丸的外观。但是，这瞒不了德川家康的炯炯双目。家康无疑察觉了真田丸中满溢着的"真田幸村"之实。

信之猜测，家康真正怕的不是幸村，而是父亲安房守昌幸。幸村就是利用了这一点，才轻易从九度山脱身而去。幸村一到大坂，便着手设置出丸。家康从这真田丸中看到了真田昌幸的影子。

数日前，京都的铃木右近有密函称家康去大坂时，至奈良一带被不明部队偷袭。右近不知道具体的情况，但信之怀疑这正是幸村之举。

（莫非大御所总算察觉了幸村的厉害？）

正因他察觉了，才会召信之上洛。信之脑中的答案渐渐成型。

（难道大御所要拉拢幸村……）

所以需要让信之出面？

信之深知大坂城的规模是何等巨大。若由他来攻城，没个半年一年断然无法攻下。况且，无论德川家和各大名的兵力如何占优，总归会日渐下降。将军秀忠许是战意十足，然而家康这等老狐狸又岂会看不明白？

（莫非大御所打算见机跟大坂议和？）

和谈之后，家康的谋略便将生出难以估量的奇效。家康消灭大坂丰臣家的决意是不会动摇的，但上策是先行休战，再动用各种谋略。若得了真田幸村之力，无疑如虎添翼。

（但是……）

真田信之黯然神伤。倘若事情果然跟他猜的一样，他就很难办了。

（就算有我这个哥哥从旁说情……）

信之想都不用去想，便敢断言幸村不会投奔关东。

第玖话

人的心境，会随肉体的变化而变化，甚为奇妙。

十一月三十日的晚上，真田信之从江户动身。

大坂城本丸奥御殿的料理间里，人影悄然而至。那是厨师养顺——永井百助。

时值深夜，二十坪的料理间里唯有养顺一人。墙上的烛台兀自燃着。养顺的房间就挨着料理间，共有两室。料理间虽无人影，外面却是战火漫天，一出门便见熊熊篝火，更不时有士兵呐喊。

然而，丰臣秀赖夫妇、淀君和众侍女的奥御殿生活皆无大变。

养顺游目四顾，喃喃道："结束了……"

如前所述。年轻时的养顺是武田信玄的厨师，兼任武田忍者。武田家灭亡后，他被浅野长政收留，颇受长政照顾。怎奈故太阁秀吉要长政献出养顺，养顺只得带着长政的密令，当了丰臣家的厨子。浅野幸长继承家业之后，推动丰臣秀赖去京都二条城和德川家康见面。当时，养顺一度重操旧业，蒙面来到丰臣秀赖的卧房，替幸长递上了加藤清正的密函。

那都是三年前的旧事了。丰臣秀赖一直不知那晚的忍者便是厨师养顺。

而且，养顺和浅野家之间再无任何联络。东西决裂时，他听说纪州的浅野家支持东军，暗暗盼着双方会再联络，哪知竟是半点动静都无。

长政、幸长对养顺有知遇之恩，但这两人都谢世了。浅野家由幸长之弟但马守长晟继承。浅野长晟根本不知道大坂城中有个厨师是浅野家安排的人。亡兄幸长死前没有说出这事。德川家康若知道了养顺其人，无疑会加以利用。

养顺苦苦等着浅野家的人来联系他。浅野长晟对他没有半点恩情。他只是想报答亡故的长政和幸长罢了。养顺就是这样一个知恩图报的人。

现下，年逾七旬的养顺跟三年前一样，指挥手下的十五名料理人给秀赖、千姬夫妇和淀君准备食膳。

奥御殿的粮食有的是。毕竟战争打了才不到一个月。

"结束了……"

养顺呆坐黄铜烛台之旁，再次用干燥的嘴唇喃喃说道。

（跟浅野家的缘分结束了。）

他虽有如此想法，却坚持留下，就是怕浅野家会跟他联系。

纪州的浅野长晟投向东军，来到秽多崎摆开阵势。一旦开始攻城，长晟便会挥兵随攻打城西的东军杀来。但是，一切可会如此简单？

浅野长政、幸长父子——尤其是幸长，曾跟加藤清正苦苦维持丰臣家的未来，想方设法照顾年幼的丰臣秀赖。哪怕和关东对立，都豁出去了……

养顺是最清楚此事的人。

坊间盛传清正和幸长是被关东毒杀的。真伪暂且不论。清正和幸长确实动用了各种手段来调解丰臣家和德川家康之间的关系。

（倘若因此折寿，实是情理之中……）

浅野长晟投向东军，会不会是要暗中帮助丰臣家？

养顺就是顾虑着这些，才一直没有离去。

近来，养顺渐渐对丰臣家的未来失去希望。

奥御殿的风气大乱。战事一开，众侍女兴奋异常，不时将武装男子引入城内，交欢苟合。养顺曾撞见男女在料理间对面的土间铺上草席，疯狂淫乐。

被如此侍女包围的丰臣秀赖呢？

（不妙啊……）

养顺不禁皱眉。三年前，十九岁的秀赖玉树临风，乃堂堂六尺男儿，如今却似变了个人。不变的只是那硕大身躯。他六尺有余的躯体上满是赘肉，犹如柔软的白色怪物。他的眼神无力，唯生母淀君和大野治长等家臣之命是从。

（大坂总帅，竟是如此模样……）

永井养顺惊愕万分。

秀赖竟养成了京都公卿化淡妆的习惯，不知是从哪儿学来的……

不，兴许是淀君的主意。

人的心境，会随肉体的变化而变化，甚为奇妙。武将——不，统领大军的总帅，当有符合总帅风范的肉体。不必英武过人，更不必貌若天仙。

秀赖之父太阁秀吉出了名的瘦小丑陋，但全盛时期，身体健康的秀吉仿佛放大了两三倍一般雄伟，浑身上下洋溢着"天下人"的光辉。反观这位秀赖……

三年前，养顺摸进秀赖卧房时，对方那凛然的态度令他感慨万千。

好一个杰出少年！

一切宛如梦境。然而，养顺念着浅野父子的恩情，滞留大坂城中。是夜，他听闻东军逼近总构，只得决意离去。

（只怕浅野家的现任当主根本不知晓我这个人……）

他总算想通了。若是天下太平，他大可在大坂城里掌厨至死。可战事已开，他一个无用之人，留在城中又有何用？

养顺回房穿上灰色细腿裤、足袋和短袖上衣，用灰布蒙面，又飘至房间附近的料理间。他环视四周，端详着这些年奋斗的料理间，不觉长长一叹。

"就此别过……"他自言自语道，"自说自话都成习惯了……"

他苦笑着拉开左侧大户棚的门，走了进去，继而从内侧将门关好，爬上了天花板。

养顺就此告别了大坂城。

第拾话

同一日，大坂城内的大野治长府邸失火。此事亦引出纷纷流言，但那确是失火无疑。大坂方战意犹未丧，规矩和秩序却日渐松弛……

庆长十九年十二月一日。

德川家康一大早便问道："何时可迁往茶臼山阵所？"

茶臼山地势极佳，可一览包围大坂城的东军阵容，又可俯瞰敌军之一举一动。

家康的下一个阵所，便是茶臼山西北侧的一心寺。一心寺正不分昼夜增建，甚至动迁周边平民，推倒民宅，筑起围墙，竖起大门。

家康曾吩咐一切从简，但将军秀忠不敢因此疏忽，非但命人每日汇报工程进度，更不断给出指示，譬如："如此一来，大御所恐有不便，推倒重建！"

将军秀忠唯恐老父不悦，以致工程没有符合家康的预期。

侍臣去茶臼山一问才知工匠正加班加点，再有十天便圆满竣工。

听闻此事，家康怒道："我又不是来赏花的！去告诉他们，十二月四日就去茶臼山！让他们动作快点！"

此时，大坂城西郊的战争打响。

西侧外曲轮有外壕，引入天满川河水，架有今桥、高丽桥等桥梁。大坂方觉得出口不宜过多，开战后将壕上桥梁逐一烧毁。不料博劳渊砦和其余海岸诸砦瞬间就被攻陷，敌军一晃就杀到外曲轮一带。

"快！"

城兵一早便将干草堆到离天满川最近的高丽桥上，企图放火烧桥。高丽桥畔的石川忠总冷眼看着这一幕。之前，忠总果敢攻下博劳渊砦，将军秀忠特意派使者前去褒奖，令忠总大受鼓舞。

"切不可让大坂守军得逞！"

石川忠总命铁炮队射杀城兵。而城中的铁炮队亦从木户口冲出迎战。

见双方僵持不下，家康的旗本永井直胜有些按捺不住，问道："主公，不如派兵援助？"

家康苦笑道："随他去吧。"

"可……"

"你不明白？"

"啊？"

"大坂若要烧毁外曲轮上的桥，让他们烧了便是。"

"您说……"

"我家康率二十万大军围城，区区一两座桥，无伤大雅。"

永井直胜不禁面红耳赤。

家康凝目看着他，问道："堂堂直胜，这点道理都不懂？老糊涂了？"

"主公恕罪……"

家康解释道："烧了外壕不正好？若是有桥，城中士兵恐会出城夜袭……"

老臣永井直胜更是无地自容。

高丽桥的战斗以守方鸣金收兵结束。不知是否受此战影响，城外这一天小战不断，东军持续收网。

是日一早，将军大营的老臣正信来到了住吉的家康阵所，而将军使者土井利胜亦来求见家康。这两人跟家康密会许久之后，出来指示诸将挪阵。

受命挪阵的将领中，包括扫部头井伊直孝。直孝是关原一役奋勇杀敌，战后撒手人寰的井伊直政之次子。直政的近江彦根十八万石封地由长子直胜继承，弟弟直孝则以嫡系重臣的身份历任诸职。此番开战，兄长直胜告了病假，直孝便率兄长和自家的部队前来，总兵力四千。

家康命直孝将阵地挪至总构南侧的八丁目口。

"遵命！"

扫部头直孝立刻集合队伍挪阵，同时命千余铁炮兵朝八丁目口的大坂城门前进。诸将大惊失色，均想将军和大御所尚未下令，莫非直孝要擅自进攻？

直孝确是进攻之态。城兵见直孝的铁炮队逼近总构，登时慌了。

井伊直孝亲自指挥铁炮队靠近总构，金色令旗突然一挥，喝道："开枪！"

铁炮队齐齐开射。震耳欲聋的动静尚未消歇……

"嘿——"

"杀啊！"

便听到了井伊部队的狂吼。

"井伊的士兵攻来了！"

　　城兵手足无措，却见井伊直孝又是令旗一挥。是日寒气稍退，阳光从云层缝隙漏出。直孝挥旗时，恰逢头顶云层散去，金色令旗被映照得光芒四射。只见铁炮队一个转身，悄然撤回阵地。总构内的城兵呆若木鸡。

　　听闻此事，将军秀忠大怒道："混账扫部头，竟敢轻举妄动！"

　　此事若被大御所知道，后果不堪设想。得快快平息父亲的怒火才是。

　　"命一两个井伊家老臣切腹，向大御所谢罪，求他饶恕直孝……"

　　本多正信那时刚好从住吉阵所回来，将军便命他再去求见家康，禀报此事。

　　家康见正信回来，问道："可是井伊之事？"

　　"正是。"

　　"堂堂佐渡守，何须为此等小事奔波。"

　　"主公……"

　　"扫部头直孝不愧是兵部（井伊直政）之子。开枪示意挪阵，打完便撤。高明，高明呀。"

　　"是……"

　　"御所（秀忠）亦有同感吧？"

　　家康不忘给秀忠台阶下，皆因一旁尚有其余家臣。

　　"主公所言极是……"正信唯有行礼，别无他法。

　　日后，井伊直胜病逝，由直孝继承家业，出任彦根藩主。

　　同一日，大坂城内的大野治长府邸失火。此事亦引出纷纷流言，但那确是失火无疑。大坂方战意犹未丧，规矩和秩序却日渐松弛……

　　日落后，德川家康非常高兴，用晚膳时食欲旺盛。

第拾壹话

二日一早，德川家康身着铠甲羽织，半身武装，戴乌帽，用头巾裹住苍苍白发，突然说道："去茶臼山瞧瞧。"说着便单枪匹马离开了住吉阵所。

"跟上！"

"快！"

数名侍臣跃上马背追上。

平野的将军大营很快便收到了"大御所出动"的消息。

"什么？"将军秀忠大惊，忙打点行装，大喊道，"备马！"

本多正信父子、成濑正成、安藤直次等随秀忠而去。

抵达茶臼山后，家康纵马视察阵所的施工情况，强调道："我后天就要搬来。速速完工，不得有误！"

七十三岁高龄的大御所身着半武装于马背之上发号施令，让在场所有人异常紧张。众人本以为家康说完便会打道回府，不料他竟朝前线走去。

“转一圈瞧瞧。”

家康身边只有七名侍臣，其中两人先行一步，将大御所巡视的消息通报各阵地。各阵地顿时一派紧张。家康挺直背脊，双目炯炯，众人好久没见他如此兴奋了。家康去了城南的各大阵地，先是正对着真田丸的前田利常阵地，继而又唤来坐镇利常之前的本多政重。

此时，把守筱山的真田军见大御所出来巡视，大呼道：“开枪！”

铁炮手一齐开枪。然而，家康不为所动。

众人皆吓出一身冷汗。

只听家康身边的横田甚右卫门笑道：“大御所向来爱听枪声！”

他走到家康跟前，对前来护驾的前田士兵喊道：“闪开，闪开！”继而下马牵住家康的战马，朗然长笑。

家康微笑着瞥了横田甚右卫门一眼，继续和政重密谈。

本多政重是佐渡守正信次子，即正纯之弟。此人曾侍奉家康、秀忠，后改名投靠宇喜多秀家。庆长五年的关原之战中，他随西军的宇喜多秀家参战。史称他负了伤，但事有蹊跷。战后，政重依次当了福岛正则和上杉景胜的家臣，又去加贺金泽百万石的前田家享受五万石俸禄直至当下。看其履历，不难猜知此人实是要帮关东“监视”诸大名之动向。确实，这种重任唯有家康谋臣正信之子方足承担。

本多政重是年三十三岁，可乍看足有四五十岁，许是老成所致。

家康和政重的密谈持续良久，前田家派人遥遥照看两人。

起初，本多政重凑近家康，刚要下马，家康便道：“不必，不必。”这才促成了这场马背上的密谈。

两人谈完，将军秀忠一行正巧赶到。本多政重见到父亲正信与兄长正纯，连礼都不施，便迅速掉转马头，回了阵地。而正信、正纯父子亦未与政重交谈。

乌云笼罩。老鹰在头顶悠然打转。家康与秀忠并排而行，继续巡视。一行人沿城南总构向西，自秽多崎附近的浅野长晟阵营，至户山、山内、松平（忠明）诸营。此时，城内再次枪响，分明是冲着家康和秀忠而来。

相传后藤又兵卫基次一度言道："家康公当世名将，此举对他无用，徒然浪费弹药罢了。"结果，城内又冒出流言称基次阴结关东，唯恐家康受伤。

前夜，后藤基次手下有一士兵逃离城池，被东军活捉。这越发加重了基次的嫌疑。毕竟是杂牌军，军心涣散也是无可奈何。

家康和秀忠坚持巡视，回到阵所时，天空又下了雨。大御所和将军的巡视大大鼓舞了将士。反观西军的总帅丰臣秀赖，却是困守本丸，闭门不出。

"唉……"

幸村怫然。是夜，草者开始汇报白天探得的消息。

织田有乐斋让家臣村田吉藏执密函冒雨去了住吉的家康阵所。而且，陪村田出城的不是别人，正是大野治长的家臣——米村权右卫门！城中本就有织田有乐斋勾结关东的说法，其家臣出城不难理解，但秀赖重臣大野治长的家臣竟跟着去了家康阵所，这就很费解了。

丰臣家有没有将这次战争当成你死我活的决战？有没有坚定的战意？不得而知。

幸村淡然颔首，喃喃道："知道了……"

"大人。"一旁的阿江将身体挪近，耳语道，"我们不如……"

"何事？"

幸村回头望去。只见阿江又凑近了些，耳语着。幸村静静凝听，面无表情。

第拾贰话

草者阿江耳语之事，纵是料事如神的真田幸村都不曾想到。

阿江直言不如暗杀了淀君、大野治长和织田有乐斋，以绝后患。

"若将此事交我去办……"阿江捂着嘴，低语道，"当可如愿。"

真田幸村、后藤基次、长宗我部盛亲等战将的杂牌浪人部队招招制胜，大坂方的木村重成、薄田兼相等人更是斗志昂扬，拼命对抗东军。

——唯有那三人碍事。

阿江此言诚然不虚。战士们的士气迟早会毁在那三人手里。积极主动的战略皆被淀君和大野治长否决，而总帅丰臣秀赖又对生母和重臣唯命是从。

"何以为战？"

阿江忍不住如此感叹。战争打响之后，织田有乐斋姑且不说，纵然是大野治长都派密使去见家康。他们的如意算盘，怕是想结束战斗，以对丰臣家有利的条件休兵……阿江希望阻止这种情况出现。

“此事唯有大人和我知晓……”

幸村的耳朵察觉了阿江那火热的呼吸。

幸村低语道：“阿江，莫非你打算独自行事？”

阿江答道：“事关重大，纵是草者，都有走漏消息之虞。”

“唔……”

阿江无疑胸有成竹。

“大人？”

“唉……”

“大人这是同意了？”

“且慢。”

“啊？”

“不甚妥当……”

“这……”

“阿江，你自然明白我之所求。”

“是。但……但是……着实……”

淀君和大野治长之举，对献出生命的将士无疑是莫大亵渎。阿江怒火中烧。而且，她认定那三人只要活着，对右府大人就没好事。

幸村默然不语。草席间唯有主仆二人，外头的木板屋里则有向井佐平次、佐助父子和前来禀报的草者曾根十藏。

“大人……如何？”

“唔……”

阿江追问道：“如何？如何？”

下雨了。听到了雨水砸到地上的动静。

半晌，幸村微微摇头。

阿江大失所望。

"这一役……"幸村说着，用手揽住阿江右肩，"这一役，怕是要辜负你们的辛劳了。"

"不！我们草者不是丰臣家的人！我们四下活动，只是给大人一人效命！"

"感激不尽。"

"那……"

"唉……"

"大人不肯同意？"

幸村以摇头回答阿江，忽又开口说道："反正胜负都无所谓了。"

"大人！"

"别再说了。"

"好吧……"

"阿江，你想的事情，我完全明白。"

幸村此言一出，阿江无言以对。

眼下，东军大军压境，尚未攻到城内，城内却早就流言漫天，甚至有人投奔东军阵所。昨晚便有一人被活捉了，正是后藤又兵卫基次手下的士兵。不，他的确被活捉了，但那是否有人要陷害基次，尚无定论。

一个、两个……脱逃者天天都有，皆因妖言惑众。

阿江曾告诉佐助和真田幸村，这城里有数不清的关东间谍，而且都不是新近来的，只怕十六年前太阁秀吉归天之后，关东间谍便以各种姿态来到了丰臣家，譬如侍女、仆人、足轻，甚至是身份较低的武士。

这些间谍们都"若无其事"等待着兴兵之日。他们散布的流言飞语自然防不胜防。何况，根本分不清谁是间谍。无怪乎阿江会如此焦躁。

适才，真田幸村称胜负都无所谓了，阿江亦有同感。但一想到要眼睁睁看着关东——不，是德川家康——谋略得逞，这窝火如何忍得下去？

想不到织田有乐斋和大野治长竟都开始附和家康的休兵之议。实际上，双方若拼死一战，大坂城完全可以守上年余。哪怕是初次见到这巨城的杂牌浪人，都忍不住热血沸腾，激赏城之壮观。

"有了此城，就有了胜算！"

德川家康深知大坂城的底细。阿江觉得他就是太了解大坂城了，才会如此着急休兵。阿江曾告诉向井佐助，丰臣家若上了家康的"罢兵"故技，便会被他吸尽最后一滴骨髓。

"如何吸法？"

"这我就说不好了。但是……佐助呀，家康老谋深算，真不容疏忽大意。"

想想丰臣秀赖的未来，不如暗杀了其生母和家臣，集合浪人战将之力，大胆出战吧！

家康抵达住吉阵所的当晚，城内会议中便有战将提出夜袭。那不是别人，正是后藤基次。真田幸村明知徒劳，却立刻表态赞同。

果然，大野治长一口否决了。理由是——

"只有农民造反才会搞夜袭。这一次是争夺天下霸主地位的大战，哪里有使用这等轻率手法的余地！"

大野治长说得冠冕堂皇，却暗中派人溜去家康阵所求和。

治长确实对丰臣家一片赤胆。他固然想挫败家康的阴谋，在丰臣家因"失血过多"休克前，力保丰臣家之安泰。他人暂且不论，这个道理，幸村再明白不过了。然而，治长到底不是家康的对手。

二日深夜，阿江从幸村阵屋告辞离去。

不久，伊木七郎右卫门现身说道："南条忠成奉命切腹了。"

关原一役，南条忠成之父光明支持西军，此番亦来到大坂城向丰臣家伸出援手。结果，大野治长查明此人实是关东奸细，派手下将之捉拿、审问。这件事的具体情况，幸村和伊木都不清楚。

听完伊木的禀报，幸村无言以对，好容易才挤出两个字来。

"罢了……"

伊木沉默不语。不知不觉，雨停了。

第拾叁话

三日一早，真田幸村离开真田丸，进城求见大野治长。大坂城二丸西侧有一片人称"西之丸"的区域，大野治长的府邸便坐落于此。

战事期间，治长没道理拒绝接见幸村。但是，他很怕幸村再提出一些匪夷所思的战术。几日前的大火没有完全烧毁大野府邸。城里有的是人手，火很快便告扑灭，只有里屋一部分遭殃。大野治长来到书院接见真田幸村。此时的治长跟幸村初入城时见到的治长判若两人。后藤基次亦有同感。

（情有可原……）

治长早就患上了疑心病，只对长宗我部盛亲等对他言听计从者信赖有加。关原之战尚未打响时，长宗我部等人就跟丰臣家关系密切。这些人眼中的幸村和基次只是些杂牌部队罢了。他们的看法，跟大野治长的态度不无相似……

幸村入城前，本想着大野治长会更"能干"些。然而，治长让他幻灭了。

幸村不厌恶治长。大野治长英俊潇洒，玉树临风，人品实非拙劣。为了丰臣秀赖、淀君和丰臣家，他确实四处求医问药。这一点，幸村看得分明。而且，治长不追求权势。

幸村说道：“实不相瞒，今日打扰，是有一事想问……”

大野治长顿时皱眉，问道：“何事？”

“此事尚望大人保密……”

在幸村的凝视下，治长不断眨眼。两人对面而坐，周围再无旁人，难怪治长会被幸村的气势压倒。然而，这“两人之间的秘密”没有触怒治长。

“究竟何事？”

“绝非坏事。”

“哦？”

“大人可有兴趣一听？”

幸村的话音甚是轻柔，却根本不容治长推脱。

大野治长有些难堪，说道：“您先说来听听。”

“听闻昨日南条忠成被捕……”

“不错。”

“您是否命他切腹了？”

“是啊。南条是关东奸细，自然要命他切腹。此事有何不妥？”

治长面露不安，膝头的左手微微颤抖。

“希望您听我一言。”

“但说无妨。”

“有消息称，今明两天内，真田丸正面的加贺前田军和本多安房守许会攻来。是以我心生一计……”

“嗯？”

“特有一事相求。”

真田幸村缓缓道来……

幸村欣然离开大野府邸。陪他前来的高梨内记一看便知他非常高兴。内记不知道密谈的具体内容，但结果想来不错。

南方远处，枪声不断。

幸村朝二丸走去，说道：“内记，诸事顺利，回了真田丸再跟你细说。这下可有得忙了。”

“此话怎讲？”

“别让外人察觉真田丸的动静。”

“啊？”

此时，正如幸村所料，安房守本多政重正着手准备攻城之事。

本多阵地和真田丸之间有个土丘——筱山，现由真田士兵把守。换言之，要进攻真田丸，需先拿下筱山。筱山的真田士兵屡屡扫射本多阵地，惹得政重好不烦躁。昨日德川家康上前线巡视时，政重将此事呈报，希望带队攻下筱山。

家康同意他去攻打，只是叮嘱他不要进攻真田丸。

因之，本多政重寻思明日（四日）一早便进攻筱山。一旦攻下筱山，就有了进攻真田丸的有利条件。

总构南侧的东军运来竹子，扎成盾牌，以抵御敌军子弹。他们竖起了几个竹盾牌，又建了几个小阵地。德川家的史录中称，大坂城用铁炮猛攻，使大批前线士卒受伤，幸有一部分东军将成捆的竹子运至总构壕沟附近，战线才又得推进。

真田幸村离开大野府邸时听见的枪响，正是来自筱山。回到真田丸后，枪响更加密集。

大坂城南侧的总构壕沟里没有水，是条空壕。该壕深近十米，宽不到二十米，底部撒满铁菱。铁菱呈菱形，足以刺进脚底，是忍者常用的暗器之一。就算东军有办法踏破这二十米宽的空壕，前方尚有重重的栅栏、墙垣和箭楼。不突破重围，便无法攻下城郭曲轮。这便是德川家康命部下不得鲁莽进攻的缘由。

大坂城虽然是城，却不是一般的城。规模委实太大。哪怕东军将外壕攻出一两个突破口，对该城都不会有半点影响。而且，丰臣家有充足的兵力把守城郭。

本多政重亦深知这一点，是以他只打算进攻筱山，无意进攻真田丸。

筱山丛林密布，而且全是竹子，堪称名副其实。两百余名真田士兵来此设下栅栏，关键时刻无疑会直接干预东军的进攻。不光政重，家康亦深明其中利害。

第拾肆话

十二月三日深夜，安房守本多政重下令攻打筱山，以求次日一早便将之攻下。

但是，他再三强调："万不可鲁莽行事，切莫被敌军察觉！"

是日午后至黄昏，筱山的真田军断断续续向本多阵地开枪。

"混账！"

政重忍无可忍，誓要攻下筱山。

（一旦攻占了筱山，大御所就该积极攻打真田丸了。）

家康总是不肯派兵攻打真田丸。

"没有我的指示，不要擅动。"

家康几番如此强调。政重对此一头雾水。

（小小出丸，大军杀去，攻下不是易如反掌？）

然而，筱山这一日枪响不断，让政重不得不谨慎行事。万幸的是，当夜天降大雨，政重借机命人推着那竹盾牌缓缓行动。

暗夜、大雨……

本多士兵将竹盾牌渐渐推进，而筱山的真田部队似乎对此一无
所知。

（好，如此一来……）

政重见状，命人继续推进。真田部队尚无动静。竹盾牌竟一路
推至距离筱山只有三十米的地方。

（好！眼看着就赢了……）

政重派兵靠近设置好的盾牌。四百余兵藏身盾后，静待天明时
伺机行动。

大雨片刻不停。

安房守政重暗自雀跃，回到阵地休息。反观筱山的真田军，则
是全无动静。

本多政重打了个盹，只待天亮。政重一生谨慎，从不曾如此大
意轻敌。他现年三十有三，五脏六腑皆被斗志烧得火热。

四日凌晨，瓢泼大雨突然停了。虽非晴天，但政重早就摸清了
敌情和附近地势。机不可失。他毅然下令攻打筱山，继而抡起长枪，
跨上爱马。

指令接二连三，皆是压低嗓门。

——突袭筱山的真田部队之前，切莫被敌军发现。

拂晓是如此昏暗，酷似深夜、黄昏。八百余士兵靠近筱山。

此际，将军秀忠的本阵亦是手忙脚乱。秀忠尚未睡醒，怎奈这
一天要把将军本阵从平野挪至冈山……

冈山距大坂城南总构不到半里，现归大阪市生野区管辖。

"树盾栅如若要塞。置门山北。筑营舍山麓……"

史料中留下的这一番布置，总算竣工。

大御所家康本打算这一天就搬进茶臼山的阵所，然而工期死活就是跟不上，只得延至后天——六日。家康到了茶臼山之后，大御所的阵所和冈山的将军大营便是一东一西，间隔半里。行事无疑会更加便利。

顺便一提，前天夜里，大野治长命人监督被捕的南条忠成切腹。南条确是东军派来的内奸。他带着两百士兵投奔大野治长，随大野部队一同防守总构西端的松屋町口。东军首脑尚未得知他切腹一事。

南条忠成是丰臣家里面的新面孔。关原一役之后，他无奈当了浪人，幸得藤堂高虎仗义相助，故而此时便将城内各种情况都告知了昔日恩公。

德川家康从丰臣家接掌政权之际，伊势国津地区的城主藤堂高虎（二十四万三千石）洞若观火，兼且圆滑行事，堪称智将。眼下的德川家内，和泉守藤堂高虎之地位一如嫡系，可见其手段非凡。他要向敌城安插奸细，自然是小菜一碟。

南条忠成从他那里接到指示，只要东军攻打总构，便立刻纵火制造混乱，放先锋部队进城。南条忠成被捕之后，将这一切都招了出来。

藤堂高虎等东军首脑尚不知忠成切腹，招供之事就更不知了。

第拾伍话

本多政重率八百余人暗暗靠近筱山。

浓雾笼罩之下，政重令旗一挥，喝道："上！"

"冲啊——"

部队大吼着冲向筱山，满拟山头的真田部队会以铁炮回击，哪知……

全无半点枪响。

没人。空无一人。

筱山的真田部队一个不落，全撤回真田丸了。

"没人……"

"不见一兵一卒！"

攻方一时茫然。

紧跟着，又有人喊道："别大意！"

众人都怀疑这是真田幸村之计。

本多政重纵马冲上筱山，说道："敌军怕是躲进了浓雾。搜！"

然而，退兵了就是退兵了。筱山只是个小丘，真田部队的栅栏兀自留着，却就是不见一兵一卒。见这里空无一人，本多政重和将士们顿感虚脱。

战意太强，一旦松懈下来，便觉浑身乏力。

（敌军知情……真田部队早就知道我们会攻上来……）

政重扑了个空，仿佛听见撤回真田丸的敌方士兵之嘲笑，脑海中更是浮现了真田幸村面带得意微笑的样子。

"混账……"

政重紧咬牙关。听说这是他人生中第一次露出如此不甘的表情。

听闻本多政重正挥兵进攻筱山，井伊、松平、寺泽诸部纷纷推进。加之前夜用竹盾牌做好了掩体，大家都是异常兴奋。

"不要落到本多部队和加贺部队的后面！"

本多政重是前田利常（加贺金泽城主）的重臣。因之，他的进攻就犹如加贺前田家部队的进攻。

这一役虽系大战，敌军却唯有丰臣家一家。守城的大半战将都是东拼西凑来的浪人，而西军（丰臣家）封地更只七十万石。就这一点来说，这跟足有数十大名出阵的关原之战简直无法相比。东军得胜之后，只有"七十万石"的功劳给大家分享。换言之，若不立下显赫战功，分到的赏赐不免太寡。

东军诸将互不相让，争先恐后，都盼望立下战功。此番出征，诸将皆动用了巨大的人力和物力，这损失需由战功弥补。德川家康深知诸将之思，故几番强调不准擅动，尤其是对真田丸的攻击，再三警告若无指示便不许进攻。

然而，本多政重竟拿下了筱山。

无论真田部队有无抵抗，筱山总归成了东军的囊中物。筱山后方是一大片泥地，再往北便是真田丸。浓雾中，泥地和出丸看不清晰，但距离不到五百米。

本多政重之主前田利常按兵不动。攻击筱山是大御所德川家康给本多政重的任务，前田家本阵尚未接获"出击"之命。有两三名家臣力谏将阵所推至筱山。年轻的利常一口驳回："不成。没有御所和大御所之命，不宜贸然进攻。"

然而，前田部队的左翼不顾命令，顶着雾缓缓前进。

真田丸的阵屋中，真田幸村正呼呼大睡。本多政重部队的动向，草者昨晚就向幸村禀报了。幸村正好有意让出筱山，白天时便故意命士兵开枪。

果然，本多政重火冒三丈朝筱山攻来，哪知筱山的真田部队前夜就撤回了真田丸。不明真相的本多部队一时交头接耳。

"不要被敌军看见啊！"

"欲速则不达！"

跑去筱山一看，竟是空无一人。仔细想想，着实可笑……

朝雾中，真田丸好生沉默。

因有德川家康之警告，朝城南总构推进的诸队皆想待大御所下命再进攻，没有采取进攻态势。

幸村沉睡着。然而，雾中的出丸各处均有士兵悄悄行动。

东军开始朝南侧总构推进，攻打真田丸只是时间问题。

幸村微微睁目，朝一旁坐着的向井佐平次问道："雾散了没有？"

"回大人，尚未散去。"

"好……"

幸村点点头，将头埋进被褥，继续呼呼大睡。

真田丸地处南侧总构之外，从靠东的平野口一带突出。正对面的前田、松仓、胁坂等队按兵不动，只有前田部队的先锋本多政重将阵地推至筱山。

自南侧总构的真田丸至西侧的八丁目口、谷町口皆设有木户，空壕上装有活动桥。东军若是攻来，活动桥便会升上，让东军无从下脚。不是活动桥的桥梁早被一把火烧了。

将军秀忠醒了。本阵自平野挪至冈山的准备工作结束。秀忠命小姓束发，开始享用早膳。

住吉本阵的家康犹自睡着。早晨时，他宣布把去茶臼山本阵的时间再推至后天。

家康自昨夜便闷闷不乐。

雾尚未散去，晨风却让雾有了动静。

秀忠用早膳时，突然听说总构南侧布阵的队伍中有大半朝总构进军。

"啊……"秀忠大惊，登时把筷子一丢，说道，"让他们立刻停下来！快去告诉住吉的大御所！十万火急！"

第拾陆话

将军秀忠的急使立刻去了住吉的德川家康阵所。尚未更衣的家康就平躺着听了情况。

"那好吧……"

家康说完，便闭上了双眼。

——反正都这样了，索性瞧瞧诸将熊熊燃烧的功名欲望会带来怎样的成果。

家康怕是有了这般想法。战斗的契机和胜负，皆要靠机缘巧合。诸将的欲望兴许便是这一役的机缘，从大坂城总构上打开一个口子。

身经百战的家康有时不会拘泥于命令。

成王败寇，凡事都要以结果来论英雄。

晨雾随风消逝。逼近总构八丁目口和谷町口的井伊、松平等队齐齐杀上，而城内则是枪响不断。这些东军亢奋异常，众人皆不甘落后，猛攻就此展开。无血拿下筱山的本多政重亦派人去劝说前田利常，自称要攻打真田丸，望利常出兵增援。

而且，他真的自泥地东面接近了真田丸。

东军的战旗渐渐靠近总构外壕。

雾霭散去，手持长枪的东军士兵和铁炮队冲向敌营。

前田利常坚决按兵不动，却又无法眼睁睁看着重臣本多政重突击真田丸。无奈之下，他唯有派出一千余人支援。

真田丸依然保持沉默。突然，八丁目口总构内的西军箭楼冒烟了。

——箭楼失火！

东军开始攻打总构之后，和藤堂高虎勾结的南条忠成果然纵火了！这浓烟一出，就说明南条忠成兑现了诺言。接下来，他将会放东军先锋进城。

"快！"

藤堂部队自然攻了上来。

把守总构的西军放下铁炮，突然变安静了。

八丁目口的箭楼冒着黑烟。箭楼着火，无疑会让城兵手忙脚乱。南条忠成顺利纵火，这表明他很快就会打开城门。东军诸部队一拥而上，拥向八丁目口的外壕。而前田部队则拥着本多政重杀向真田丸的战壕。

真田丸的战壕深约六米，宽约十米，壕后堆有土垒，而且设有三重栅栏。出丸虽小，防备却甚周全，纵有大军前来，亦难轻易攻陷。

本多政重命手持竹盾牌的士兵走近战壕，下令铁炮队开枪。

枪停，真田丸犹无动静。土垒后竟有人大笑。

对方为何要笑？几十个、几百个男子对枪响报以狂笑。政重和士兵们一时茫然，继而醒悟对方根本就是要嘲笑他们的进攻。

不错。真田幸村命将士们笑个痛快。

开始攻打八丁目口的东军争先跳进外壕，往前推进。城中的士兵没有开枪。

"不对劲……"

照理说该有人怀疑才是，但东军各部队都有些骑虎难下。

"哇！"

众人大喊着跳进外壕。雾霭几乎散光。清晨的阳光洒向战场。如前所述，总构外壕宽约二十米，底部密布铁菱。不除去铁菱，大军便无法前行。

"快！快将铁菱……"

外壕底部，东军士兵们呼喊着乱成一团。

"开火！"

耐心等候的西军看准时机，自城内一齐开枪。伴随着巨响，跳进外壕的东军将士一命呜呼。不光八丁目口如此。谷町口、松屋町口的守军纷纷开枪扫射冲至外壕附近的东军士兵。而冲到真田丸附近的东军不光要承受八丁目口守军的攻击，更要抵挡来自真田丸的攻击。

战况让人不忍卒睹。

本多政重和前田部队的先锋好容易走完真田丸的战壕，正待冲到土垒前方，真田部队的铁炮队竟同时开枪。

实不相瞒，这出丸设计精巧，足以迎击从战壕冒出头来的敌军，内部更设有墙垣和箭楼，以便用冷箭袭敌，只是从外面看不分明罢了。

数百只利箭随着弓鸣，扑到前田士兵头顶。空壕中，前田部队的惨呼和悲鸣不断，血肉四散。

本多政重面如土色。

突然，真田部队的枪响戛然而止，高亢的长笑再次出现！只见真田丸西侧的木门大开，幸村长子大助和伊木七郎右卫门率五百将士冲出。

是冲着前田部队去的？否。他们是冲向攻打八丁目口的东军之侧。

这些东军方披重创，甚至顾不上总构外壕底部的死尸，正要撤退之际，却被真田部队从侧翼突袭，后果可想而知。

这一役是真田大助幸昌的初阵。事后，伊木七郎右卫门向幸村描述幸昌的英勇表现，说道："大助对战马操控自如，一如手足。"

言简意赅，却再无比这更贴切的词句。这句话貌似平凡，对武人则是意味深长。而真田幸村的回答同样有些平凡。

"很好……"

他只是微微点头。

总之，真田幸昌和伊木七郎右卫门给败走的东军以沉痛一击，之后便果断撤回了真田丸。纵是老谋深算的本多政重，都没了办法。

前田利常派人来让政重撤退。政重略一犹豫，只得从命。若再勉强进攻，只会徒增伤亡，招致真田部队的耻笑。

十二月四日，东军死伤数千，大败而归。西军则几无损失。战况一时传开。次日，京都民众皆称东军死者高逾万人。

德川家康最怕的情况赫然出现——

"西军不容小觑。"

"如此看来，东军怕是攻不下这大坂城喽。"

而左卫门佐真田幸村则是一举成名，摇身变成了天下焦点。

第拾柒话

大野治长对幸村的态度登时变了。幸村从治长口中得知南条忠成之事，顺势献计去八丁目口的箭楼放火引来东军。果然一举奏效。

幸村名望大震，甚至足以和整个东军分庭抗礼。西军就此对幸村信赖有加。

四日之夜，住吉本阵的德川家康开始享用伊达政宗进贡的生鳕。除了政宗，藤堂高虎和本多正信亦受邀出席。

家康吃了败仗，当然不会高兴，却又无抑郁之色，反而不时微笑。

他没有就攻击失败一事责罚大家。若是罚了，便表明家康承认东军败北，传闻就会愈演愈烈。他深知其中利害。

对了，险些忘了告诉大家。真田部队进攻时，真田大助的队伍里面有樋口角兵卫的身影。这是幸村特意安排的结果。他想瞧瞧阿角的表现。

樋口角兵卫一如既往。来到真田丸之后，他便让曲轮内的铁匠铸造了根铁棍。

这六角形的铁棍七尺有余，嵌有铁条、铁环，跟他防守上田时用的兵刃一模一样。角兵卫挥舞铁棍，无论人马，来一个杀一个，来两个死一双。其怪力无人能敌。对方唯有东倒西歪，无从招架。

"那究竟是何方神圣？"

从真田部队和伊木部队的奇袭中捡回一条小命的士兵不禁感叹。

"简直不是人类……"

樋口角兵卫疯狂的战姿让士兵们瞠目结舌。他撤回真田丸时，身体和战马都沾满了敌军鲜血，甚至难辨口鼻，唯有那独目里白光跃然。

"所谓'鬼神'便是那角兵卫吧？"

"我真是头一回见到'鬼神'的模样……"

真田丸的战士们亦是大大惊叹。

"嘿呀——"

听说角兵卫出手之际，总会一个狮吼，这才挥棍砸向敌方马头，让对手人仰马翻；而敌军士兵的长枪亦会被铁棍扫开，一折两段，如折筷子般轻而易举。

当夜，幸村召阿江来到阵屋，含笑问道："听说角兵卫的表现没有？真是个说不清的有趣家伙……阿江，你觉得呢？"

是苦笑？是微笑？幸村的表情，说不清楚。

"这……搞不懂啊。"

机智如阿江，亦不解樋口角兵卫的想法。此人曾跟沼田真田家的家臣进出小野阿通府邸，这跟昨日的激战是否有关？无从知晓。眼下，小野阿通再次离开了大坂城，回到京都家中。阿江曾提议派人探探京都的阿通府邸，幸村却觉得那是徒劳无益。

就算查明了小野阿通的底细，对现状又有何益？

十二月五日来临。

前一日的大胜，让大坂城内的浪人们异常振奋。攻打这巨城，只会让攻方白白留下冤魂。敌我双方皆明此理。然而，大坂方无法永远坚守不出。

议和、果断出击、偷袭大御所和将军的阵所……总要有个对策才行。

目前虽不用顾虑粮草之事，怎奈火药渐渐消失。一旦没了火药，便无法再用铁炮。

东军阵营一片死寂，跟沉浸胜利之中的西军形成鲜明对比。然而，德川家康没忘了哀悼死者和慰劳军士，又吩咐全军营筑土垒，以竹盾抵挡敌军铁炮，避免再有死伤。家康确实老谋深算，没有因前日的失败责罚将士，反而对士兵关怀有加，众将士自然感激涕零。

相较家康，将军秀忠的怒火则难以平息。这怒火不是来自前日之败。事实上，秀忠反而觉得这一败会激励全军斗志，正是进行总攻的良机。

耿直的将军如此激动，非但前所未有，日后怕是同样不会有了。

秀忠派本多父子和土井利胜几次访问家康阵所，劝家康再次出兵。

土井利胜最后一次来到家康阵所时，家康不耐烦道："回去告诉御所，这事情就交给他老爸来办！别再派人来了！"

将军秀忠脸上登时挂不住了。老臣正信费了好大劲儿才将他拦下。

六日，茶臼山的阵所总算竣工，德川家康立刻搬去。

第拾捌话

十二月四日的城南激战，东军一败涂地，而西军战将真田幸村的智谋和武略则响彻天下。哪知不到半月，两军竟议和罢兵。

期间，小冲突一直不断。就拿塙团右卫门来说吧，他本是加藤嘉明之家臣，此番以浪人身份来到大坂，一度夜袭东军的蜂须贺部队。

德川家康的休兵工作见效神速。

当时，绵延三里有余的总构民居内尚留有一些商人和工匠，导致粮价暴涨到城郊的七八倍。然而，这不是最主要的缘由。

大坂方面赞同休兵，实是畏惧东军火炮和石火矢（大炮）的攻击。最胆寒的自然不是战士，而是淀君以降的城中女眷。她们坐立不安。

大坂城北的天满川有一中洲（备前岛）跟大坂城的"京桥口"距离甚近。东军夺取天满川之后，便来到备前岛用大炮射击大坂城本丸的天守阁。

四贯目、五贯目炮弹爆炸时的动静，自然比铁炮更响。这是德川家康向英国和荷兰采购的巨型石火矢。

德川家史录称："备前岛之片桐且元阵所离城颇近，其人又深谙城内情况。（将军秀忠）欲炮击淀君和秀赖居所。且元便择数十名技法高明之人，以大炮三百挺、国崩（石火矢）五门齐射。"

炮弹之一果然砸中了淀君居所。听说那巨响震耳欲聋、如雷贯耳。七八名侍奉淀君的侍女当场毙命，而淀君亦被吓得痛哭流涕。这个女人平日里半点不肯示弱，此际却是惊慌狼狈，反复劝秀赖议和。

十八日。

太阁秀吉死去的那一天正是十八日，是以丰臣秀赖每个月的十八日都会去城内丰国神社祭拜亡父。片桐且元知道这一规矩，便命人瞄准丰国神社，哪知竟射偏了，打中淀君避难的天守第二层中柱。

两名侍女血肉模糊，淀君吓得要死。织田有乐斋和大野治长看到了淀君的状态，只得暗暗联系德川家康重议休兵之事。

"打都打了，议和又有何用！"

倒是丰臣秀赖一反常态，勃然大怒。若因畏惧炮击而休兵，那又为何开战？

德川家康不光命人炮轰大坂城，更自城郊挖掘地道，直通城内本丸的正下方，埋好火药，散布流言称要把整个天守阁炸上天空。隧道确实挖了，但把天守阁炸上天空则是谣言。

家康又让城内的织田有乐斋出面，把淀君之妹常高院请到了茶臼山阵所。常高院是淀君胞妹，同样是浅野长政和阿市夫人（织田信长之妹）的孩子，亦是将军秀忠之妻的胞姐。她嫁给了京极高次，丈夫死后便出家礼佛。此番开战之后，她亦是能自由进出大坂城的人士之一。

淀君和大野治长等人坚信，常高院、小野阿通、织田有乐斋这些跟东西双方都大有渊源之人，关键时刻一定会有大用。

德川家康利用了大坂方的心理。大坂城内的风吹草动，皆会被家康得知。

不仅是织田有乐斋。草者阿江曾感叹大坂城中有"无数"暗通东军之人。

浪人战将们开会时无疑会谈到和解一事，总帅丰臣秀赖坚称不会议和。怎奈生母淀君根本不是他管得了的。

常高院以大坂方使者的身份来到茶臼山阵所，家康没用亲自出面接洽，而是交由侧室阿茶局和本多正纯负责接待。阿茶局年近六十，但是天资聪颖，足以介入政事。女人之间好说话。阿茶局深明家康之意，懂得淀君会直接得知她和常高院的会谈内容。而淀君亦对亲妹妹常高院信赖有加。

两次接洽后，双方达成了罢兵协议。

此时，伊豆守真田信之早就到了京都。家康先是让他去二条城待命，继而又派人让信之去京都的真田府邸待命。

再然后，家康的家臣长坂理右卫门景行以使者之姿来到了京都室町的真田府邸。关原一役以来，真田信之跟现年六十上下的长坂理右卫门有数面之缘，知道他是个寡言语的温厚老者。长坂理右卫门留守京都，没有随军出征，信之前几天去二条城候命时亦见到了他。

长坂着便装来到真田府邸，由五名家臣陪同。一行人来到真田府邸门口时，突然有个旅者打扮的僧人冒了出来。

（动作好快……）

长坂理右卫门急忙下马，恭敬问候对方。

只见那旅僧摘下草帽，低笑道："老衲奉大御所大人之命前来。"

不错，那正是暂住京都忍宿的挂川威光寺慈海和尚。

此人曾是家康身边的武士，跟长坂理右卫门算是旧识。

"慈海若未出家，只怕早就是几万石的大名了。"

慈海一向有此风评，而长坂素来对他恭敬有加。

"那正好跟大师同行。"

慈海和尚对长坂亦甚尊重，笑道："好，好。"

两人走近真田府邸。

"您先请……"

慈海和尚让长坂先行。

如此这般，长坂理右卫门将慈海和尚介绍给了真田信之。

慈海说道："老衲要替大御所向伊豆守大人说几句话。"

信之则将京都府邸的铃木右近唤来，介绍给慈海和长坂。

慈海和尚望向铃木右近，笑道："久仰大名。"

这真不是奉承话。右近长期留守伏见府邸，暗中活跃，德川家亦有耳闻。

但是……

慈海和尚口中的"几句话"是什么呢？

第拾玖话

不管大坂城如何巨大，一旦将两三重的战壕填平，便自然成了裸城，无法抵挡攻击。

东西两军的议和条件，正中德川家康下怀。

此前，后水尾天皇曾派敕使去茶臼山阵所游说家康议和，结果家康全然不拿圣旨当回事。

堂堂幕府，哪有听朝廷指使的道理？

实际上，家康尚未动兵便想好了跟大坂方议和的办法，此际顺势开出条件。

"首先，关东部队负责将大坂城总构的外壕填平，且拆除矢仓、墙垣之类设施。其次，由大坂方面填埋二丸、三丸的壕沟，且撤除城防设施。若秀赖接受，便保丰臣家封地不便。若秀赖肯离开大坂，便赐予新的封地。淀君无须去江户当人质。不责罚守城的浪人，允许丰臣家收留他们当家臣。"

如此这般。

奇怪的是，其中"填埋战壕，撤出城防"这一最关键的条目，誓文中竟只字未提。

太阁秀吉曾对诸大名道："纵有数万大军攻来，此城亦不会轻易陷落。但敌军如将此城团团围住，城内粮草见底，那便万事休矣。倘若暂时议和，填平战壕再打，亦将全无招架之力。"

不管大坂城如何巨大，一旦将两三重的战壕填平，便自然成了裸城，无法抵挡攻击。因之，此事自然成了议和条件的争议焦点。

十二月四日那天，真田丸和总构的战壕让来势汹汹的东军何等烦恼，由此可见一斑。

大坂方深知，要议和，便要接受关东的条件。接洽期间，大坂方面曾提出只填埋总构的战壕，无奈家康不理，结果唯有接受家康的要求，将二丸、三丸的战壕悉数填平。

（若战争持续下去，丰臣家难保不受灭顶之灾……）

他们大概就是想到了这一点，才会这样做的吧。围困大坂城的东军足有三十余万。火炮和石火矢固然骇人，大军虎视的威慑亦同样不容小觑。

按照大坂方面的理解，不将填埋战壕一事写进誓文，恐是事关重大，德川家康亦想留些回旋余地。乍看之下，这对大坂方面极为有利。反正休战条约没有写明，关键时刻不妨翻脸不认账，坚称从未答应如此条件。

有说法称，丰臣家让关东填埋外壕，而不断拖延二丸、三丸城防设施的拆除工作，是要等高龄的大御所突然病死。德川家康当年七十有三，正所谓人生七十古来稀。如此高龄，却硬要拖着老躯上前线指挥战斗……

家康每日骑马巡视前线，固然精力充沛，怎奈当时天寒地冻，对身体百害无利，疲劳定是难以估量。

真田幸村、后藤又兵卫、毛利胜永等浪人战将难以理解大坂方面"议和"的用意。双方洽谈休战之际，幸村一度献计突袭茶臼山的阵所，取下家康人头。只恨他们毕竟是寄人篱下，没有政治上的发言权。不，就算发了言，最后拿主意的亦是丰臣家。

十二月二十二日，双方交换休战誓文。十九岁的长门守木村重成以大坂方面使者的身份去了茶臼山。

翌日——二十三日，家康命众人立刻填平大坂城之外壕。

东军诸大名纷纷提供壮丁，共有八万人从事战壕的填埋工作。关东的动作之快，让大坂方面瞠目结舌。虽然誓文上对此只字未提，但说话总要算话才是。大坂方面自然不敢前脚休战，后脚便要反悔。

填埋外壕的工程不分昼夜，加班加点。有史料称，二十五日巳时（上午十点），城南总构战壕被填埋大半。而幸村设置的真田丸亦未幸免。

"万事休矣。"幸村苦笑一阵，跟后藤又兵卫商量道，"二十五日的晚上，我们派人夜袭茶臼山吧？"

然而，二十五日深夜，德川家康突然回了京都。他换上那身狩猎打扮，带着几个部下横穿大坂，奔向二条城。

德川家史录称："鹰猎装包括铁炮二挺、弓箭一对、长枪两把、长刀一把、灯笼两只。大御所自茶臼山直奔玉造，泰然自若横穿大坂城三丸、二丸，天明抵达枚方。进京。大坂守兵唯有目视。"

若是属实，家康的机敏和胆识确实让人咋舌。

德川家康回到二条城的那个早晨，大坂城的外壕被填埋了大半，城防设施更是拆除殆尽。关东方面正忙着填埋三丸的战壕。然而，三丸和二丸的填埋工作，本该由大坂方面负责。

是夜，慈海和尚奉大御所家康密令，来到了京都的真田府邸。